私の来歴

玉木一兵短編小説集

沖縄タイムス社

目次／私の来歴—玉木一兵短編小説集

資　料

I 部

私の来歴

『越境広場』二号（二〇一六年）、三号（二〇一七年）
掲載

その朝、私は寝過ごしてしまった。いつものようにマンションのベランダに出て、腰椎体操をして一息いれ、東方の丘陵の頂きに赤い三角屋根を重ねている首里城を一瞥し、西の海に溶けている那覇の白い街並を見おろしながら、雨模様の空を目の端にうけとめていると、ふと失念していた今日の山原《やんばる》行きのことを思い出した。浦添の安波茶《あはちゃ》の従兄を拾う役まわりになっていた。

急いで支度をして車を走らせた。三〇分も遅れていた。従兄は約束の八時から路上に出て待っていてくれたらしく、玄関口に顔をのぞかせた奥さんが、あれ、とっくに出かけましたよ、というので大通りに車を返してエンジンを吹かしていると、陸橋の陰から柔和な顔の従兄が現れた。私が申し訳ないと一言呟くと、いいよいいよ、早く着きすぎても暇するだけだから、と軽く受け流して頓着しなかった。気のおけない間柄だったのでことさら遅延の理由を言わずに、さあ参りましょうか、と元気よく声をかけて出発の合図にした。

安波茶から宜野湾の広栄に抜け、西原インターから本島を南北に縦貫している高速道路に乗った。石川インターを過ぎたあたりから、道路沿いに植った琉球松の新葉が一斉に出揃い、うりずんの季節の到来が察せられた。北進するに連れて曇天に青空が染み出してきて、晴れる兆しが見えた。墓を開けに行くのだから晴れて欲しいと思った。

私はこの従兄に特別の感情を抱いていた。歳が二四も離れていた上に事情があって、幼年期から児童期の一時期もらい子になろうとしていたことがあったせいで、その感情は父子関係のそれに似ていた。私の父は四男で従兄の父は次男だった。伯父は沖縄師範学校を出て東風平《こちんだ》小学校の教師になったが、肺結核に罹り早逝したという。青年時代柄が大きくムラ相撲の横綱だったというから、死の床で祖父が、学問させても無益だったと、恨み言を呟いたというのも頷ける気がする。間を置いて従兄を生んだ若い母親は大阪へ出奔し、赤子だった従兄は祖父の妹に預けられ、ひとりっ子として育ったのである。尋常高等小学校を出て牛の世話をしていた従兄を父が嘉手納《かでな》農林学校に進学させ、三年間亡き祖父に代わって学資を出したという。そんな事情のある従兄にとって父は、実父のような存在だったに違いない。

従兄は昭和一六年、一九歳で召集され、太平洋戦争で南支や南洋諸島を転戦し、追いつめられて銃撃された同僚兵士の遺体をかぶって奇跡的に生き延び、帰国してきたのであった。昭和二三、四年当時私は四、五歳になっていて、従兄はムラの小学校の教員をしていた。上に兄や姉らが三人づついて、戦後生まれの妹とあわせて八人同胞の第七子だった私は、まだ子供のいなかった従兄の家に入り浸った。長男待遇で迎えてくれて、遊び疲れて汚れて帰ってきたら、木の盥の天日風呂に浸けてごしごし体を洗ってくれたりした。ここでは食卓の品も一品多く一人前に扱ってくれ、夜は夜で肌着もかまってくれたし、小奇麗になって蚊帳の真ん中で眠れたことが満足だった。私にとって従兄は義父のような存在であった。あれから四〇数年経ってそれぞれに子供が成人したが、今もって従兄とふたりきりになると、幼年期のあの父子の感情がぞろ蘇ってくる。

「松の新芽がいいですね。」

「いいね。」

「晴れそうですよ。」

「朝はどうなるかと思ったが、これで安心だな。」

私はこの頃父のことを主題に家族小史を纏めようと考えていて、殊に戦前の父のことを知りたいと思っていたので、ムラの話を切り出した。

「僕がお世話になっていた頃、バッタを捕りにいったクンジャ湧泉《があ》のあたり、すっかり変わりましたね。」

「変わった。」

従兄は呟くようにいって鼻孔の切れあがった小鼻をしゃくった。

「水も豊富で田圃もありましたよね。」

「田圃のことを覚えているのか。」

「覚えていますよ。腰まで浸かって稲子の群れを追っ掛けていましたから。あの頃ニイさんの家で飼っていた鶏の餌でしたから。」

「ああ、そんなこともあったな。」

私はランプの火屋《ほや》の煤を拭かされたことを思い出した。おそるおそる薄いガラスの中に小さな手を腕まで突っこんで拭いた。その手で鼻先や頬に触るものだからいつの間にか顔が煤だらけになった。祖母が膝の上に抱いて拭きとってくれた。祖母は濡れた手拭いを指にからませて時々唾をつけて、占いのように、ほおいほおい、と呟きながら拭いてくれた。手の甲には薄れた青紫色の針突《はじち》があった。首から吊るした懐の頭陀袋《ずだ》には、いつも黒糖の欠片が入っていた。そういえば夜、ランプの油が切れて大通りのまち屋小《ぐわぁ》まで買いに行かされたこともあった。油缶を胸に抱えて夜道を行くのが恐かった。あの頃のムラは鬱蒼とした樹木に包まれ闇も深々としていた。

「クンジャ湧泉《がぁ》の水も随分前に涸れてしまった。あんなに木が生い茂っていたのにな。」

従兄はもう三〇年も前にムラを出て那覇近郊に住むようになった自分の半生を偲んでいるようだった。高等教育を受けた親類縁者は次々にムラを去っていって、中南部の街で一家を構えた。屋敷を手離し墓を街の近場に移転した。私の一家もその先頭を切った恰好だった。従兄たちもその例に習った。ムラは次第に歯の抜けた櫛のようになって凋《しぼ》んでいった。私も久しく妻子を伴ってムラを訪れた記憶がなかった。私の心にムラが凛と立ち現れるようになったのは、父が死んだ翌年母のお供をして、父の抜霊《ぬじふぁ》につきあった頃からであったか。精神病院の主任ケースワーカーをしていた仕事柄、神垂《かみだぁ》りした患者さんの体験を聴き取っているうちに、神事に関心が向きはじめていたことも関係していたと思う。事情があって本家の墓だけが取り残された恰好でムラに居座り続けていた。

「戦前のムラは、どんな所だったですか。」

「小さな貧乏ムラでね。そのせいかもしれないが教育には熱心だった。あんたのお父さんなんかはその筆頭だったね。ムラから一人でも多く進学させようとして、受験前になると家の離れに生徒を集めて夜遅くまで勉強させていた。お陰で僕もそのおこぼれに与ったという訳だ。遠い昔のことだけど、ついこの間のことのようだよ。」

父が死んでもう一二年になる。従兄は、パーキンソン病で苦しんでいた父の末期の病床に足繁く通ってきて、叔父さん早く元気になって旅行いこう旅行、僕がお供するから、と生きる力を次第になくしていった父を励まし続けていた。従兄はすでにあの時の父と同じ歳になっているはずだ。私の心の中で従兄の横顔が父に重なって見えた。私は従兄と父の戦後の生き方の違いに思いを馳せた。従兄は二〇台半ばに九死に一生を得て戦地から帰ってきた時に、その生き方を変えたのかもしれない。拾った命を今度こそ天皇とか国家とか軍隊等という得体の知れないもののために使うのではなく、心底自分のために使おうと覚悟して生きてきたように察せられた。名を捨てて平の小学校教師に甘んじて定年を迎えた従兄の淡白な気概を思った。

父は、戦後郷里の本部《もとぶ》に中学校を立て直し、海洋学校の創設に加わったあと教育畑を離れ、北部文教事務所から琉球政府入りし行政畑に転じた。終戦の前年に父は三七歳の若さで女子師範付属大道《だいどう》国民学校の教頭職まで昇りつめていたので、功名心と野心をあわせ持っていた父としては当然の選択だったのだろう。社会教育主事として園比屋武御嶽《すぬひゃん》や浦添《うらそえ》ようどれの復元にたずさわったり、移民課長として送り出したボリビア移住地の視察に出かけたりしたが、五七歳で金融検査部長という名の不本意な職務を最後に、政府を辞した。その後公選の中央教育委員を二期務め、息子の精神病院開設に奔走したあと、目の前から社会的標的や対象がかき消えた老境に入って、自分だけのために生きるという心の用意がなく、意気消沈してしまった節があった。そんな父を従兄は、哀感をこめて見詰めていたように思う。

時速百キロで走行していた車がキンコーンキンコーンと鳴った。私は踏んでいたアクセルを緩めた。左手にダムの擁壁を見ながら眼前に近づいてきた山原《やんばる》の連山の緑の匂いを嗅ぎわけた。車は東から西へ、名護岳のイタジイの原生林を仰ぎ見ながら、終点の料金所に下っていった。木々の若葉が萌え出し、心が洗われる思いがした。高速料金は従兄が払ってくれた。

名護の市街地を通り抜け、今ではすっかり観光道路になった伊豆味《いずみ》線に入った。道の両側に大小の蜜柑園が点在した。今時はポンカンの季節で、週末になると蜜柑狩りの家族連れで賑わった。私は起きがけに何も食べずに出てきたので腹がすいていた。どこかで山原ソバでも食べて一息入れようかと思っていると、傍らの従兄が呟くようにいった。

「教員になりたての頃、この先の小学校で勤務したことがあったよ。」

「それ、いつ頃ですか。」

「昭和一六年頃だったかな。農林出て召集される前だったから、一九の時だったな。」

私は耳を傾けて聞いた。その小学校の少し手前においしいソバ屋があったのを思い出しながらハンドルを握っていた。

「その時はまだ戦争も無く長閑だったよ。校長していたのが僕らの親戚筋にあたる仲宗根先生で、面白い人だったな。君も校長官舎に住んだらいいよ、そしたら金も節約できるし、何よりも学校に行くにも便利だよ。というので、空いている一部屋を貸して貰ったんだけど、人使いが荒くてね、往生したよ。」

「嵐の前のひとときだったんですね。」

「自炊でね。朝食作るのは君の分担だよ、といわれてせっせと作らされたもんだよ。昼と夜は学校でとっていたから、結局僕が全部賄っていたというわけだ。ははははは。でも、その代わり休みの日には、おい定一君、ご飯できたよ、と起こしてくれたりしてね。憎めない人だった。」

車は、ソバ屋を斜めに見て、間もなく小学校を通り過ぎていった。

「夜は毎日晩酌でね。いつも日が暮れると僕の部屋に来て、定一君酒買ってきてくれないか、悪いな、といって頼むわけだ。たった一合の酒を毎晩量り売りで買いに行かされるもんだから、ある日我慢ならなくて、先生一升瓶にしましょうよといったら、こちらの気持ちを斟酌するどころか、一晩で飲むのは一合位が一番健康にいいんだよ定一君、あれば飲みすぎるからな、と却ってたしなめられてね。」

話し終わると渡久地《とぐち》港についていた。ほのぼのとしたいい話だった。私は空きっ腹のことを忘れてしまっていた。

港を見下ろす岩場の丘陵を北へ迂回すると、本部大橋の北の付け根に合流した。じぐざぐだった旧道はどこへ消えたのやら、その跡形もとどめていない。新道は海岸沿いにすっかり舗装されていて、片側三車線の堂々たる直進路に様変わりしていた。浜元《はまもと》ムラをあっという間に通り過ぎたら、そこは順造たちの浦崎ムラだった。

ムラは本部半島を巡る幹線道路から国営の海洋博記念公園へ分岐するT字路を包みこんで民家を散在させていた。道路が幅員を拡張した分だけムラの道路沿いの土地は削りとられ敷きならされてしまっていた。ムラ空間を身体図像に置き換えれば、その胸肉が切りとられたというに等しかった。もうすでにこの地に利害のない傍観者の感傷とはいえ、やはりちょっぴり哀しい気分になった。拡張された道路沿いの畑中には、白いコンクリート造りの真新しい住宅が目についた。道路に切り売りした金で建てた家だと察せられた。こうしてムラに住む人々の家は居ながらにして内側から解体していくのだろう。ムラを遥か昔に出ていった人々に有無をいわせない変貌ぶりであった。

本家の墓は、T字路の道路際の西向きの窪地にあって、道路側からは隠れて見えなかった。道路と地続きの平らな面は空き地になっていてバス停の標識が建っていた。近くに三、四台の車が止まっている。私が徐行しつつ、どこに止めますかと聞いたら、従兄が右に曲がりなさい、と命ずるまま右折して、ムラの公民館の広場に乗り入れた。

私は車をおりて、老朽化して傾いている公民館の前で背伸びをした。ムラの東方に本部富士がその小振りの山容をのぞかせていた。

「本部町浦崎玉城門中の系図」によれば、ムラ建ての由来は、一六九七年（元禄一〇年）尚貞王の時代に生まれた清盛という侍が本部間切《まぎり》浜元の地頭職に任じられ単身赴任した際、同地で土地の祝女《のろ》と懇ろになり三人の男子をもうけたことにはじまる。長男は女方の渡久地に分家し玉城姓を名乗り、次男は長浜という家に養子に入り長浜姓を名乗ったが、三男は浦崎へ下人として奉公に出され、そこの主家、屋号大屋《うふや》の主人の意に叶い、その娘と結婚し分家し、浦崎玉城門中《むんちゅう》の元祖になった。名は清春。清春の長男は同地の仲宗根家の婿養子となり、屋号を掟下ン屋《うっちしちゃんや》と称した。名は仲宗根仁屋次郎。仁屋は恐らく、根屋、つまり宗家という程の意味のミドルネームだろう。この仁屋次郎という人物が順造の曽祖父で、その三男勝四郎が祖父でその四男が父である。私は世代を遡及してみたが、曽祖父から上は百年以上の短路があり信憑性に欠ける。その欠けた年代を埋めるために巫覡、俗にいう時占い即ち物知りの霊力をかりていることが先の「門中の系図」に記されている。つまり、簡略化していえば、首里王府の侍が田舎落ちして土地の祝女に産ませた子が百姓頭の娘婿になり、子孫を繁昌させたということだ。始祖の挿話はこの程度が手頃で毒がなくていい。人は誰だって親の代を遡っていけば、どこそこで切れたり繋がったりしながら、子孫が望むような始祖に辿りつくはずだ。そんな血筋幻想の虜にはなりたくないものだと思う。本家の墓に眠っているのは祖父勝四郎である。私が生まれる一〇数年前に他界した人物である。

ムラは半島の循環道路によって東西に分断された、凸凹の隆起珊瑚礁の傾斜地の上にのっかっている。東側がムラ内で高みになっていて、神庭《あさぎ》、御殿《うどぅん》、祝女家《ぬるや》などが集中しているムラの中枢部を専有し、無論宗家の屋敷跡もそこにある。西側は低地で泊原《とぅまいばる》と称し、海浜に続く石ころ混じりの貧土が続いている。その北側の窪地にムラ内から身を隠すようにして南西の方向に墓群が連なっていて、その一番道路際に本家の墓があった。昭和四八年、長男伯父が亡くなった時に父の肝入りで改装されたもので、もともとは掘込墓《ふぃんちゃあ》で、墓室の石積みをとりかえ、前面に一畳程の屋根が取り付けられていた。

従兄は道路を横切ってさっさと墓に下りていった。

私が歩き出そうとすると、公民館の側の雑貨店で買い物をしていた本家の従姉に声をかけられた。

「順造さん、これお願い。」

と突き出したのはバケツだった。

「水汲んで下の人たちに持っていって。」

あいよ、と小さく呟いて店の裏に回って水を貰い、バケツを提げて墓に向かった。

下り口の雑草が薙ぎ払われていたが肩に茅や月桃の葉がかかっだ。迫り出した墓屋根をみると、自生した弁慶草が一斉に鮮紅色の花をつけて立ち上がっていた。墓が花飾りの帽子をかぶっているようだった。墓庭の雑草は抜かれ、枯れ落ち葉も掃き清められて綺麗になっていた。従兄たちに近づき、提げてきた洗い水を差し出すと、互いに水をかけあって手の汚れを流した。側では、本家の従姉たちの婚家筋の住職が来ていて、供えものなどの手順を采配していた。恰幅のいい体に纏った袈裟衣が、ゆっくり動いた。

墓を開ける儀式の準備は万端整ったようであった。

「はい、そうです。果物はそんな感じでいいですよ。はい、そうそう、そこに筵を敷いて、仏様に座ってもらいますからね。」

私も手伝って足元に筵をひろげた。

跡継ぎの従兄は、神妙な顔で墓に見入っていた。齢五六、七になるがまだ独り身で、いっこうに嫁さんを貰う気配はなかった。五十代に入ってから幾つも結婚話が持ち上がり流れていったと聞いていた。人には人の生き筋、跡継ぎには跡継ぎの覚悟があって当然と思い、私は遠くから眺めていた。二、三年前に腰椎のヘルニヤを手術したのを機に、長年勤めた郵便局員を辞め、今は若隠居の気儘な暮らしをしている。

「独り身では、この先老いていくと寂しいだろうに。」

「結婚はともかくとして同年輩の女性でも自分で見つけてきて、茶飲み友達にでもしたらいいのに。」

従姉兄たちは、色々詮索するようであった。

「はい、では私の後ろに並んで手を合わせて下さい。お経をあげますから。」

皆ざわざわと動いて肩幅の広い住職の背後に並んだ。

住職は立ったままで手の数珠をまさぐり、お経を唱えだした。

私は弔いの列から離れ、持参したカメラのアングルを探して移動し、シャッターを切った。住職は般若心経ともう一本お経を唱えて終わりにした。

「はい、いいですよ。跡継ぎさん線香をあげて下さい。他の方は後に続いて下さい。」

命じられるままに皆一本ずつ線香を貰い、正面の香炉に歩み出て手を合わせた。

やがて、跡継ぎとその姉たちの手でお供え物が動かされ、香炉が取り払われた。間もなく、墓室の扉が開かれようとしていた。


昭和五六年夏、父が死んだ。父が四男だったせいで死んで初めて自分たちの墓にありついたという経緯だった。それなりに墓の形状とか風水《ふんしい》とか特に墓の存在感に関心を持つようになったが、それ以上ではなかった。平成二年秋、ペースメーカーで心臓を賦活していた母が死んでから墓への思いが変わった気がする。あれはまだ六、七年前のことだ。

この頃マンションの高みから那覇の市街地を見下ろしていると、白い建物の列が、東シナ海に誘い出された波打つ墓群になってみえる。そういえば、行く先々の風の吹き具合が妙に気になるが、それともつながりがあるのかと思う。芽吹き始めた木々の新緑が風に絡まれているのを見ると、ぐっと心に疼くものを覚えたりするから不思議だ。自分の視線が自分の身のうちから少し離れてしまったようにも感じられた。

二月の初旬だというのに、若夏を思わせる日差しの強い一日があった。私は日差しに誘い出されるようにマンションを出た。駐車場の石垣を巡るブーゲンビリアの花がことさら赤く目に写った。何処へ行くともなく車を走らせたのであるが、気づくと両親の眠る識名《しきな》の墓へいく道を辿っていた。

墓は安里川の上流にある金城ダムの南面の丘陵に造成された墓群の一角にあった。丘陵のさらに南の高みには識名苑がある。首里城の別邸の東苑と識名苑を結ぶ石畳道を市道が東西を分断して走っていた。その道筋に墓の上り口があった。私は道路脇に車を止め、榕樹の古木の根の絡みついた石畳道を下ってヒジ川橋を渡り、木の間を歩いて傾斜道を上っていった。

居並んだ周辺の墓より少々大振りの我が家の墓の墓庭に立った。下方からダム工事の槌音が聞こえ、足元から乾いた風がせりあがってきた。香炉の花瓶に萎んでしまった菊が三輪残っていたので抜き取って始末した。人気のない隣り合わせの墓をみてまわった。枯れた花がささっているのや花生けそのものがないのや墓が開いているのもあった。生きている人の都合や不在でこんな風に墓のたたずまいが違ってくるのだろうと察せられた。墓は死者のためにあると考えられているが、このたたずまいを観察していると、どうみても生きている人のためにあることが歴然とする。清明祭などに一族郎党で墓参りにきて歓談する習わしがあるのも、この世が墓を合わせ鏡にしてあの世と連なっているると観念しているこのシマの人々の、生きる力の反映のようなものではないだろうか。死者は生きている人のために供されている。そんな気がした。しかし、死者は去るのではない、還って来ないのだ。

私は墓を下りヒジ川橋を右に折れ、ダムの東側に出た。水量の乏しいダム湖を見ながら、造りかけの石敷きの花壇の縁を周遊した。父と母はあの墓の中に眠っているのではなく、自分や兄弟姉妹やその他の親類縁者の心の中に、こっそりと眠っている。そんな風に思われてならなかった。死者は関わりのあった人々の心の中から抜け出していって、時々墓の中に居座って澄ましているのだ。死んだ人は現に存在はしない。死者は生者に列す。そんな感慨が湧いた。

墓が開いた。

墓室に光が射した。何年ぶりの光だろうか。室内は奥から三段に敷き下ろされていて、上の段から古い死者の順に厨子甕《ずしかめ》の大小の骨壷が、中の段そして下の段へと安置されていた。洗骨の風習によってその形状と大きさが決まったと思われる青紫色の甕が四個と、壷が五個あった。この容器の数が本家にまつわる死者たちの数だ。

何処からともなく現れた建墓屋の手代が墓に身を入れた。

「順番を書き間違えないようにな。」

責任者らしい男の嗄れ声が飛んだ。

「そう。下の壷から出しなさい。ゆっくりだよ。」

住職の声。

墓庭の花筵の上に次々と甕と壷が並べられていった。墓室の中で翳っていた色合いが鮮明になった。皆の目が一斉に甕と壷に注がれた。

カメラを持参したのは私だけだった。

「済みません。記録しておきましょうね。」

そういいつつ私が一つ、壷の蓋を開けてシャッターを切ると、従兄が笑いながら手前の甕の蓋を開けてくれた。他の従兄たちも、それに倣って加勢してくれた。それぞれの蓋の縁には没年と名前が記されていた。私はそれをアップで撮った。

一番堂々とした大きな厨子甕の蓋がとりはらわれた。頭蓋骨が二個和するように並んで入っていた。その周りに大小の骨がびっしりと詰まっている。

「祖父《うっぷう》と祖母《ぱあぱあ》だよ」

と従兄が発すると、

「おおっ。」

「どれが祖父のか。」

「これだろう。」

「じゃあ、これが祖母か。」

「ここから僕らは始まったんだ。」

「残っていたんだな。」

「はじめて見たよ。」

皆、てんでに魅入っていた。

二個の頭蓋骨は黄濁し白々とぬめっていた。墓室の闇に馴染んだその年月の永さだけ、天然の日の光に晒されて迷惑がっているのかもしれない。闇がこのぬめりを温存し、頭蓋骨の形を風化から守ってきたのだろう。そう思いつつ私は、憑かれたように頭頂部から近写した。

私は屈んで目の位置を下げて、大きめの頭蓋骨をそっと指で傾け、祖父の眼窩に向きあった。かつて祖父はこの眼窩に嵌っていた大目玉で、故郷のムラの景色を見、そこで営まれたムラ人たちの生死を見ていたはずだ。この眼窩の奥に流れた永い時間のことを想うと暫し陶然となった。この眼窩からくりだされる視線のこちら側に父がいて、さらにそのこちら側に自分がいるのだと実感された。

ムラ内の腰当杜《くさてぃむい》を抜けて東南に出るとタクワイの丘がある。その丘にはムラを守護する琉球松の古木が一本、空に這い上がっていた。その古木を起点に丘の脈に沿って松の梳林がムラを囲繞《いにょう》していた。梳林の中には、神又庫裡《はみぬぐうちゃ》とよばれた拝所があり、その向こうに東シナ海の群青の海がたゆっていた。祖父の眼窩の奥には、そんなムラ内の佇まいと海景色が刻まれていたのだ。父の代になってその記憶の風景はだんだん薄れていき、戦争をはさんで孫の代で拡散し遠のいた。かつて百戸近くあった家々は、それぞれが宗家との上下関係や立地や役割に拠る屋号で呼ばれ、土地の息吹を吸い込んで生きていたのだ。奇しくも祖父は、父が結婚した歳に六五歳の寿命で他界した。

祖父は性温和で緩慢な物言いをしていたという。手元に酒があればそれで終始ご満悦で、一合の酒目当てに産婦の家に駆けつけ、夜ぴいて竈《かまど》の火の世話をするというおおらかさだったという。日照りの夏、酔うとムラの湧泉に牛を連れていって浴びせたというが、畑仕事はどうするつもり、と叱られると、空を見上げて、雨振《あみぃふ》てぃからやぁ、と頓着しなかったという。そんな挿話を以前従兄から聞かされていた。酒好きの無欲恬淡な好人物が偲ばれた。

小さめのは祖母だった。この祖母は戦争中私の一家と逃避行を共にした。本部《もとぶ》半島伊豆見の山中を逃げ回り精根つかい果たして生き残った。だが休む間もなく、米軍の占領政策で大浦崎の辺野古《へのこ》捕虜収容所に移動を命じられ、半年後帰郷を前にしてテント小屋の片隅で、疲労困憊し息をひきとったという。当時赤子だった私は祖母カマダの命を譲りうけて生き延びたといえなくもない。誰かが死に誰かが生き残ったのだ。命の繋がりはそんな風にして果たされていくのだろう。蓋の縁に記された没年から祖母の死亡年月日をはじめて知った。一九四五年終戦の年の一一月二六日である。洗骨は翌年の一二月八日とあるから、その前後に祖母の遺骨は、仮埋葬されていた大浦崎辺野古の山中から掘り出され、洗われて帰郷し、祖父の遺骨と抱き合わされたのだ。近隣に祖母が立ち寄ると、そのパタパタと鳴る草履の音で見分けがついたらしく、玄関口で必ず、カァットゥ、と唾を吐いて入ってきたという。気忙しくたち働き、転んで手足を脱臼したりしても、休むことを知らない人だったという。四男だった父がこの祖母と共に生き最期をみとったのであった。

他の甕や壷の底にも大小の骨片が残っていた。蓋の縁に記された死者の没年だけが虚しく死者の在りし日を刻んでいた。

ひときわ小振りの蓋の欠けた壷の底をのぞいた。骨らしい骨の固まりは皆無だった。蓋の縁に、大正九年享年六歳仲宗根五男勝助童名三良《さんらあ》と記されていた。そういう人が居たらしいと話に聞いた父の弟である。幼少《ゆうすう》の骨は跡形もなく風化してしまっていたのだ。

いよいよ甕と壷を運び出すらしい。誰かが黒い透明な塵袋をかけはじめた。私も手伝った。束の間この世の光を浴びた甕と壷は再び漸次闇に包まれた。

小さな壷は二個づつにした。従兄たちがそれを胸に抱いてそろりそろりと上まで運び上げた。

厨子甕は蓋と棺を別々にくるんで縄がかけられ、それぞれ別々に建墓屋の手代が運んだ。慣れた手付きの天秤棒が墓のかたわらを幾往復かすると、花筵の上の甕と壷はすっかり片付いてしまった。

住職が命ずるままに、跡継ぎが墓に半身を入れて塩を撒いた。

頃合をみて、

「はい、中はそれで宜しい。あとは外。」

住職が背後から声をかけた。

跡継ぎは神妙な顔で塩の皿を抱いて、墓の隅々に振り撒いて終わった。

皆が集まると住職は簡単な別れの言葉を唱えた。

従妹たちがすばやく、お供えものを風呂敷に包んだ。

今、手代らの手で、幾星霜も祖父母の頭蓋骨を深々と眠らせていた本家の墓の扉が閉じられようとしていた。私は祖父母の眼窩の奥のムラの天空が、ムラの景色と一緒にかき消えていく瞬時にたちあっている気がして佇んでいた。父祖の地の三代の血脈に幕がおりるのだ。これから縁もゆかりもない土地に流れていく。三代先の血筋なんて頓着すまいと心にいいきかせていた私だったが、やはり胸にしんみり疼くものを感じた。人は皆こんな風に痛みを抱いて、ムラを捨て、街に出て行くのかもしれない。

扉が閉じられた。香炉が裏返しにされ、扉の押さえに安置された。逆さまになった香炉の下に従姉が花を手向けた。この花が枯れて土に還っても、もうここには誰も訪れることはないのだ。

住職は新墓で午後二時に落ち合う約束をして先に墓を離れた。皆は名護の道の駅近くでお昼をとりながら一休みする手筈になっていたので、跡継ぎの車を先頭に出発した。私も車を駆って後につづいた。

「墓は何といっても近い方がいいよ。」

従兄が助手席で呟いた。

私は古稀を過ぎた従兄のことを思い、ああそうですよね、と応じたが、心の中に浮かんだのは別のことだった。

昨年の四月末だったたか、本島中部嘉手納町《かでな》にある「比謝川《ひじゃがわ》の里」に姉と二人で、伯母を見舞ったことがあった。三年ばかり前に建った特別養護老人ホームである。比謝川の上流の琉球松におおわれた小高い岡の上にあって、眼下に町営グランドが一望できるいい眺めだった。ただ岡の上り口に、葬祭場の案内板がかかっている取り合わせが気になった。坂を上っていったらホームの後方に、それと思しき焼き場の高い煙突が見えた。この場所にホームの建設を図った関係者の善意とは裏腹に、世情の皮肉を感じないではいられなかった。

来客簿に署名し、デイルームに屯する老人たちの間を抜けて伯母の部屋に入った。

伯母は南面する四人部屋の窓際のベッドに背を丸めて坐っていた。

「はい、伯母さん、来たよ。」

姉がベッドに近づいて声をかけた。叔母は並んで立っている私と姉を見やり、一瞬訝るように上体を起こしたが、すぐに二人を認めて声を発した。

「あい、来たね。」

伯母は懐かしそうに目を潤ませ、手を伸ばして、姉の手を掴まえた。

「伯母さん、元気そうでよかったさぁ。」

「昇さんも元気でいるね。」

伯母はすぐに姉婿の壮健を問うた。

そして、私に向き、

「あんたのところの太郎さんも奥さんも、皆元気ね。」

と問う。記銘力の衰えがないことがまず嬉しかった。

伯母の髪は短めに刈り上げられていた。顔の色艶もよくすがすがしく見えた。母の風呂上りの顔に似ていた。相対する窓際の老女は耳が不自由とみえ、半身を起こしたままじっとしていた。

右隣りの人がさっきから妙な動きをしていた。ベッドに腰掛けて、ひっぺがした自分の足元のシーツをごしごし手でもんでいるのだ。惚けて洗濯をしているのだという。伯母に歳をきいたら、我《わ》んよかぁ下《しちゃ》るやる、と不満気に呟いた。間もなく米寿を迎える伯母の自負心がそういわせたように察せられたのであるが、他方子供らの都合さえつけば、まだこんな所には居たくないという慨嘆にもとれた。

「脚だけがね。」

伯母が膝を摩った。姉が寝巻の裾から手をしのぼせて摩ってやっていた。

「たくさん歩いたから……。」

伯母の声は遠くの人に呟きかけるかのように口籠もった。その間伯母は二人に何か食べ物をだしてあげたいらしく、身の回りにある品を手元に引き寄せては勧めた。でも、仮住まいのベッドの回りには伯母の思いを盛るだけの品はなかった。それが恥ずかしいかのように伯母は、床頭台の小物入れを幾度となく開けたり閉めたりするのだった。私は幼年期に訪れた母方の今帰仁《なきじん》村天底《あめそこ》の実家で、碗に山盛りになって出てきた銀飯のことを思い出した。山の高さが叔母の思いの深さにひとしかったのだ。そんな思いを盛れないこの場所に、伯母の望むほんとの生活はないのだと思った。

姉が持参した風呂敷包みをといた。

「これ、お母さんが着ていたもの。着てね。」

伯母は服を手にとって膝に広げた。母が愛用していた白い格子縞の丹前で裏地は濃紺だった。記憶を手繰るようにじっと見つめていた。この服を着ていた母の姿を思い起こそうとしているようだった。

「早く、着てごらん。」

姉がせっかちに促した。伯母は潤んだ目頭に手をあて涙を押しとどめてから、ゆっくり丹前を持ち上げて背に廻し袖を通した。姉が手伝って襟元を整えた。俯いていた伯母か嬉しそうに顔を上げた。一瞬母が眼前に現れた風情であった。

「よく似合うさあ。」

「ぴったりだね。」

私も口を添えた。そして、叔母の背後に回り肩を叩き、指先に力を入れ首筋を揉みほぐしてやった。母にしてやれなかった分を果たしている気になった。

「あんたたちのお母さん、わたし残して早く逝ったさぁ。」

伯母の呟く声が、時折吹き込んでくる四月の風にかき消された。

伯母が枕元の小物入れを開けて、これ、と差し出したのは、若い青年の名刺大の遺影だった。

「この人、誰。」

姉が聞いた。

「わたしの旦那さん……。」

伯母は思いを飲み込んだようだった。

「はじめて見るさぁ。」

写真を見つめていた姉が、この人物が誰であるかに思いあたったらしかった。

「この人と、何年一緒に暮らしたの。」

「二年ばかりだったかね。もう忘れた。」

伯母は恥ずかしげに口籠もった。遺影の人物は伯母の初めての夫で、沖縄師範を出て当時教員をしていたらしい。伯母は一八歳でこの人に嫁ぎ女の子を一人産んだが、夫が急死したため二一歳で寡婦になってしまった。その後正式な結婚に恵まれなかったと聞くが、伯母は伯母なりの労多き人生を誠実に生きて、老いの終着点に辿りついたのである。七〇代の半ばを越しても病院の付添い婦をして自活していた。心臓にペースメーカーを入れていた母も、死ぬ間際まで随分世話になった。米寿を目前にした伯母が今、若死にしたという最初の夫の遺影を肌身につけて、日夜眺めているというその心意気に、ほのぼのとした哀感を抱いた。

帰途の道々、ふと私は思った。この伯母はどこの墓に入るのかなと姉に聞いたら、さあどうなるのかね。長男は父方の養子に入っているというし、とあやふやな返事だった。伯母はこの世の関係からも墓という形式からも切れて離れて、自分の思いだけで飛翔して、懐かしい一番目の夫の懐の中に飛び込んでいくつもりなのだ。そう思うと俄に、伯母の温顔が愛おしく輝いて見えた。老いは人と人との心の有様を選り抜いていくのかもしれない。心の襞々《ひだひだ》に深く食い入っている人だけが、残像として鮮明に浮かびあがってくるものとみえる。

伯母や私の母の実家は、今帰仁村天底の祝女筋の農家だったが、嫡男が支那事変下の湖北省田家鎮で戦死したことによって三代を待たずにすでにその血脈を絶っていた。二〇代半ばの若さであったときく。

甕と壷をのせた建墓屋のワゴン車を中に、一行を乗せた車はやがて名護の道の駅の手前の海鮮料理屋に到着した。本家の従姉が奥の座敷をとってくれた。私は勢ぞろいした大兄たちに混じって西の海の見える窓際に坐った。五〇に満たない私が一番若く、従兄たちと向かいあっていると畏まってしまうのが常であったが、私が手元の卓上の盆の茶碗に茶を注ぐと、皆で順送りにしてくれた。

お茶が行きわたったところで、従姉が、

「何にしますか、お兄さん方」

と、声を掛けた。

「ソーキそば、中」

と誰かが発した。すると、

「魚汁、大」

と誰かが応じたので、笑いのうちに二派に分かれての注文に相成った。

食事をしながら、祖父の顔付きが話題になった。皆で見たあの頭蓋骨のせいだったのだろう。

「祖父《うっぷう》の顔、誰に似ていたかな。」

ひとりがいった。

「そうだな。」

もうひとりが呟いて、面々を見回した。

皆もそれに釣られて相手の顔を見回した。皆あの頭蓋骨の何某かを受け継いでいる面々であったから、自分の顔を相手の顔に写し、そこから何某かの類似点を引き出そうという目付きに変わった。眼窩の深さは共通しているように見えた。凝視眼祖父《ちゃぁみぃうっぷう》と呼ばれていたという祖父の容貌と、あながち無縁ではなさそうだった。一体、面々のどの顔に似ていたのだろうか。いつしか探る目になっている私だった。

「鼻が切れこんでいたな。」

大兄のひとりがいった。

「小柄だったらしいよ。」

もうひとりの大兄が応じた。

祖父は昭和五年に没しているから、最年長の従兄以下、皆幼年期の記憶をまさぐる術しかなかったのだ。おまけに写真の類は昭和九年の家の火災で焼失していた。面々の中に切れこんだ鼻の人が二人いた。傍らの従兄ともうひとり向かいの若い従兄だ。若い従兄は大柄だったから、どちらかというと、傍らの従兄に似ているというのが大方の見立てだった。

「定一兄似だったんじゃない。」

誰かが決め付けると、皆一斉に従兄を見た。

「そうかな。」

従兄がそらっ惚けた。面々は頭蓋骨の主の顔付きを玩味する目付きで、従兄の顔に見入った。何だそういうことだったのかと、私は傍らの従兄の切れ込みの入った端正な鼻梁を見て、嬉しいような懐かしいような妙な気分になった。そんな思いの向こうに、私はもっと小柄だった長男伯父の飄々とした人相風体を思い起こしていた。伯父も切れ込んだ鼻をしていた。恐らくこの二人の顔付きを塩梅した中間に祖父の顔があるに違いない、と確信した。

長男伯父は、戦前から県庁勤めでずっと那覇で暮らした。私達は、那覇のおじさん、と呼んでいた。林業畑を生涯歩き通した能吏だった。私は晩年の伯父の姿を覚えている。無類の酒好きで、仏間兼居間の仏壇の下には自家製の銘酒を貯蔵する酒庫があった。父の用事でついていくと、小学生の私にも、自慢そうに酒庫の扉を開けて中を覗かせてくれた。今考えるとハブ酒、ヒル酒、ニンニク酒などの類だったのだろう。茶碗に注いだ滴を指につけて、一滴なめさせられた覚えがある。又、短い腕を鎌首の形に固めて、私の眼前に据えて、突け、と命じることもあった。鋼のように固かった。那覇のおじさんは、甥姪と戯れるのが至極嬉しそうだった。八七歳で他界したが晩年は市街地をほろほろ徘徊する風狂の人になっていた。酒は手放さず、好きなだけ呑んで他界した。考えてみるとこの伯父の境涯が、祖父に一番近かったのかもしれない。

伯父の遺骸は火葬に付されていたので、小振りの壷の底には頭蓋骨の欠片と思しき骨片が少しあるだけだった。

一行は相前後し許田から高速道路に入り那覇に向かった。

「順調にいってよかったですね。」

「ああ、いい天気になったな。」

前方の青い空を認めつつ従兄が応じた。年長者の安堵感が滲んでいるように見えた。私はあらためて助手席の従兄の横顔をなんとなく盗み見ていた。老斑の多くなったこめかみに、祖父の面影を探りあてた気がして、心に浮き立つものが沸いてきた。血脈の時の滴の顕現かと、思わず微苦笑が洩れた。

従兄は、跡継ぎの結婚話をひとくさりして溜め息をついた。

「結婚……。これだけは詰めは当事者の問題だからな。」

跡継ぎには兄がひとりいた。幼児の頃脳炎に罹りその後遺症を引き摺りながら沖縄の地上戦をくぐり、戦後の米軍政下を生き抜き、医療や福祉の恩恵に与ることなく自宅介護を余儀なくされた。土地勘もないのに、復興期の市街地を遠出してしまうということで、一時期私宅監置されていたこともあったが、復帰の年に精神病院を開業した私たち縁者がひきとった。すでに還暦を過ぎていたが、職員からニイちゃんと呼ばれ、野仏のような温和な風貌のままで元気に暮らしている。血がそうさせるのか、時々私が采配を振るう相談室にやって来て、目をぱちくり瞠いて突っ立ていることがある。一丁前に煙草を覚え、黄色に染まった二本の指を擦りあわせて所望するので、一本やって火をつけてやると、有難う《あーとー》有難う《あーとー》と、頭をこくりこくりと下げて礼をいって去っていく。伯父夫婦は跡継ぎにこのニイちゃんを託して他界した。跡継ぎの心の曇りが私にはよく見えた。跡継ぎはこの二〇年近く、月一度の面会を欠かさずに履行してきた。

「結婚がすべてじゃないんじゃないですか。」

私は従兄とは別の思いでそういい、溜め息をついた。周りの結婚話にそっぽを向け続けてきた寡黙の男の心映えを慮っている自分が、祖父の眼窩の時間に嵌りこんでしまっているように思えた。人はそれぞれにその人らしく、こちらからあちらへ、流れていけばいいのではないか。

私の人生小史の歩みは、足るを知らざりし三〇代四〇代、虚実相半ばする体の私小説的表現活動に心を奪われて浮沈した。直情径行の己の性《さが》が、それを駆り立てた。二〇代半ばの大学四年時、東京の下宿家で出会った女性と、奇縁に導かれて一緒になり、帰沖し、子をなし、せっかく築いた小さな家族をなおざりにし、家を出て、煩悩の火を身の内で養いつづけた歳月があった。そして、五〇歳を月前にして雑念から解き放たれて、しばしひとり身の孤独な境地が訪れたのであった。その間、故あって一人暮らしをしていた母の住むマンションに出入りしていたが、ペースメーカーを取り替えたその年に、予期せぬ母の死を見届けたあと、しばし母を弔って逗留していたのである。

そんな首里の高台に立つ八階のマンションの高みに気まぐれな春風が沸き立つ日、私は、少し浮いた気分に見舞われて、自分の身のうちから自分が遊離していく境地を覚えたりした。眼と心が遠くをみている風なのだ。

私のそんな感傷を吹き飛ばすように、車は高速道路を終点まで突っ走り、県道に出た。

本家の新墓は、首里の丘陵台地の切れる東端の運玉杜のゴルフ場と対面する傾斜地に造成されていた。墓に立つと東方にゴルフ場の青芝がうねるように拡がっていた。日の出る東に臨んでいるというのが心地よかった。墓地は五層になっていて規格の違う墓が二基、三基と一組になっていた。五、六百万台の大振りのものから二百五十万台の小振りのものまで全部で十基ばかりで小さな墓群をなしていた。売り込み中という感じで墓の前に値段が表示されていた。本家の墓は二層にあり四百万台の規格の二基の一つで、もう一基も売れているようだった。箱型の墓室はコンクリートが流し込まれたもので頑丈に出来ていて、表層部分は上質の切り石が積まれていた。墓庭も三畳程の広さがとられていた。商魂が練り上げた合理性と経済性が窺えた。

甕と壷は先刻墓庭に運び込まれていたが、住職の到着が遅れていた。

「いいとこだ。」

大兄のひとりが辺りを見渡していった。

墓の背後は南面していて、小高い岡の繁みが西日を隠すようにしていた。

「陰になっていて、いい塩梅だな。」

誰かが応じた。

「墓参りもこれからは楽だよ。」

従兄が跡継ぎにいった。

「お陰様で。」

独り身の屈託のなさで跡継ぎが応じた。嬉しそうだった。

「祖父も祖母も、しばらく落《う》ち着《ち》かんて。初めての土地だから。」

誰かがいった。

「シマに逃《ひん》げて戻《むど》らんがて。」

揶揄する声が応じた。

「墓は近くにあるのが一番。子供らの近くに来たんだから、満足してるさ。」

従兄が軽く受け止めた。従兄がシマへの執着が薄いように見えるのは、自分の父が祖父の兄の養子に入って切れようとした血脈を繋ぎとめたことに遠因があるような気がした。従兄は血筋を渇望することに対してどこか恬淡さがあった。三代繋がっていればそれでいいではないか、と考えている私の思いと一脈通じるものがあった。

「それはそうですよ。」

本家の従姉妹たちもそう呟きつつ、満足そうに墓庭の塵を掃き出していた。新墓を前にして、皆どこか浮き足立っているように見えた。新築の家に身内の誰かが入るのを、皆して待っている気分に似ていた。でも、住職の采配がなければこの家には入れない、そんな感じだった。

間もなく当の人物が黒衣をはためかして上って来た。さあさあ始めるよ、という風で張り切っているように見えた。

まず墓庭一面に持参したビニールシートが敷かれた。その上に甕と壷が並べられた。変哲もないビニールシートの青が引き立て役になって、甕と壷はひときわ粛々と美しく見えた。無用の用になって骨董屋や博物館に展示されているそれとは、一味も二味も違っていた。だが、祖父母の頭蓋骨を守って闇から出てきたが、すぐ又同じ闇の中に戻るのだ。時の彼方へ。

住職がてきぱきと指示した。

建墓屋の手代が墓室に入って中を掃き出した。皆が物珍しそうにのぞき込んだ。

「さあ、関係者は中に入って。」

いきなり住職が周りに命じた。

一瞬どよめきが走った。入るの、そう入るんだよ。と皆でいい合っていた。

「はい、あんたからよ。」

従妹が跡継ぎの肩をこづいた。

「入るんですか。」

戸惑いを呑みこんだかのように呟きつつ、跡継ぎがおどおど中に入っていった。その後ろから従姉たちが、ざわざわとつづいた。

関係者が中におさまると住職は手代に、用意しておいたテープを流すように命じた。見ると墓前の供えものの脇にテープレコーダーが据えられていた。

「今日は墓のお祝いですからね。」

住職が眼で合図をすると、手代がレコーダーのスイッチを入れた。古典音楽が流れ出した。

『かぎやで風節《カジャディフーブシ》』だった。

今日のほこらしやや《キユヌフクラシャヤ》
なをにぎやなたてる《ナヲゥニジャナタティル》
莟でをる花の《ツィブディヲゥルハナヌ》
　露きやたごと《ツィユチャタグトゥ》

聞きなれた祝いの歌を聞いているうちに、段々そんな気分がしてきた。それでもまだ皆畏まったまま押し黙っていた。歌は『特牛節《クティブシ》』に変わった。

常盤なる松の《トゥチワナルマツィヌ》
　変ること無いさめ《カワルクトゥネサミ》
いつも春来れば《イツィンハルクリバ》
　色どまさる《イルドゥマサル》

「さあ、手拍子手拍子。」

住職が自分で叩いて誘ったので、皆乗せられて、浮いた祝い気分で手拍子を打ち始めた。私もその気になって歌に和した。そうか今日は祝いの日か。私の心もどうやら納得がいって畏まった気分が溶けていった。

墓室の中の面々も控え目に手拍子を打っていた。

歌は相変わらずゆったりと流れた。

真茅茅葺や《マカヤカヤブチヤ》
　仮宿どうやゆる《カリヤドゥルヤユル》
風水まちがにゃ《フンシマチガニャ》
　万代までも《マンデェマディン》

墓室の連中は琉歌の遅々とした流れにいささか閉口している様子だったが、忍耐していた。歌の合間に中から私語する声が聞こえてきた。

「案外広いじゃない。ほれ。」

「あんたも、ついでにここに入るか。」

「そうしようかな。」

「でも今は嫌よ。」

「後からならいいのか。」

「あら、あんたが先に逝くんでしょう。」

女達はその婚家の墓に入るという習俗と裏腹に、こんなに広いんだから死んだらここに戻ってきて自分の親たちと一緒に眠りたい、という五分五分の気持ちもあるのかもしれない。昨年の実家の清明《しぃみぃ》祭の時、居合わせた病気がちの姉が同じことをいって、律儀な義兄に叱られていたのを思い出した。墓を家の延長と考えるシマの人々の等身大の後生《ぐそう》観を証しているように思えた。

歌の奉納が終わった。

「尻から、出るんですよ。」

住職の声が飛んだ。

皆ぞろぞろ尻から出てきた。仏に敬意を表してのことらしい。

住職に命じられた跡継ぎが、半身を入れて墓室の四隅に塩を撒いた。

待ち構えていた建墓屋の手代が、次々と甕と壷を運び込んで安置した。

墓の扉が嵌め込まれ、御香炉の台石が据えられた。

墓の四周が、花米と塩で清められた。

皆粛然と墓前に勢ぞろいし、座して住職のお経を聞いた。それから火のついた線香を一本づつ貰いうけ、ひとりびとり歩み出て御香炉に刺した。

私は長幼の習いで終わり頃に順番が来たので、墓前に歩み出て合掌した。瞑黙していると墓室の甕の中の祖父の頭蓋骨が見えた。声を立てずに嗤っていた。一瞬宙に浮いたかと思うと、野良着姿の老人に変身しこちらを向いた。那覇のおじさんの顔だった。おじさんは嗤いながら背を向けて闇の向こうへ歩き出した。私は、心中、あがたぬくがた、彼岸即此岸、あの世はこの世、と呟くおじさんの声を聞いた気がした。死者は死者で生者に頓着せずに、死者自らの方向に歩いていくのかもしれないと思いつつ、妙な安堵感に見舞われている自分に納得した。老いてゆけば、人の心も自然に向かうところに向かっていくのだろう。繋がりのあった人と人との関係の親疎がより鮮明になっていくのだ。そんなことを考えながら私は、いつか老人ホームで背中を丸めていた母方の伯母の心境を思い遣った。血筋幻想から自由でありたいという日頃の自分の願望も、案外こんなところに終点があるのかなと思った。


空は晴れ上がり雲が流れていた。新墓はやわらかい日差しに包まれていた。

車座になった墓前での昼下がりの共食の宴は、盛りを過ぎていたが、従兄弟たちは開いた重箱を前にして相変わらず酒を酌み交わしていた。祝いの歌も流れていた。

「最近、墓が気になってね。」

若い従兄がいった。

「年をとるに連れて、墓に親しみを覚えるようになるんだよ。」

従兄が応じた。

「俺も、歳かな。」

「そうよ、歳よ。」

若い従兄の嫁がいってのけたので、皆大笑いした。

「皆こんなにして、立派な墓造りよったら、子供たちの家建てる土地はなくならんかね。」

別の嫁がいった。

「そんなこと心配しなさんな。なるようになっていくんだから。それよりもあんたらも早く墓地探しておかんと。」

ことをやり終えた年長者らしく従兄は、若い従兄弟らをやんわりと諭した。墓が小振りになっていけば、それに応じて後生の観念も小振りになっていくのだろうか。そうなれば、墓は後生の家という観念も薄れ、単なるあちら側への入り口ということになってしまうのだろうか。私は親しくしている与那原の洪済寺の住職の営む、お寺の納骨堂に犇《ひしめ》きあっていた小さな仏壇セットの様を思い出していた。

「さあ、帰ってみるか、順造。」

ほろ酔い加減の従兄が立ち上がった。促されて私も帰り仕度をした。まだいいんじゃない、といいながら、本家の従姉たちが声を掛け合って手土産を袋に入れて持たせてくれた。新墓で合流した私の姉も一緒に帰るといって席を立った。従兄が靴を履こうとしてよろけたようだった。それを見ていた大兄が、酔った口調で囃した。

「さあ、踊れ、踊れ。」

従兄は酔狂気分にのって手にした手土産を捧げ持って、体を傾け踊り出した。その軽妙な手舞いの仕草に皆の拍手が飛んだ。あれれと気づいたら、傍らから姉も、空の重箱を軽く捧げ持って踊り出していた。私は、釣られて踊り出しそうな自分を制しながら、ひと足先に墓の急階段を下りはじめた。従兄と姉が後に続いた。

やがて、墓庭のさんざめく声が、うりずんの風にのって遠退いていった。

母の死化粧

第一八回新沖縄文学賞
『新沖縄文学』九四号（一九九二年）掲載

一九九〇年十二月三日母は病院で他界した。風邪ひきあとの体調調整のためのほんの短期間の入院のつもりだっただけに、急逝の感はぬぐえなかった。

以前順造は母の死相をみたことがあった。三月前のことだったか。台風の日に母のマンションに泊まった時だった。

三、四コたいした被害もなく小型台風がそれていったあと、数年振りに大型が来るというので、テレビもラジオも臨戦態勢をしいていた。その日、順造の勤めている精神病院も午前中に台風対策を終えて数人の管理職と夜勤者だけが残っていた。構内の立木が騒ぎ、狂気じみた仄白い空で鞭打つように風が唸っていた。今度は来るな、と順造は思った。この島に生まれ育ったものにとってこんな台風の日は、奇妙に心を浮き足だたせるものがあった。日頃の秩序感覚が乱され見える物や聞こえる音が、天地転倒の予感をはらんで不安定にゆらぐからに違いなかった。病棟に棲みついている患者達も同じ地平のゆらぎを覚えるとみえ、風の渦に包まれた建物のなかで静まり返っていた。

六時頃になると空の暗さが増してきた。外に眼をやった。鳳凰木のこまかい葉っぱがしなる枝の先でまい狂い、横なぐりの風雨がとげとげしく建物の壁面を叩いていた。机上の電話のベルが鳴った。母からだった。

「風、どうね」

「うん、ここも大分強くなってきた」

母は不安なのだ。わけあって、ちょうど一年前から首里の高台の高層マンションでトートーメー(位牌)とふたりで暮らすようになったのだが、実際はひとりなので、何か身辺に不都合があったり自分の体の具合が悪いと「ちょっと来れないね」と順造に声がかかった。母は昭和の初年頃沖縄女子師範を出て同じ師範出の父と結婚し八人の子供を生み育てた。太平洋戦争末期の「鉄の暴風」と呼ばれた沖縄戦では、一高女の十四の姉を頭に四人の子供をひきつれ、祖母の手をひいて生きのびた。戦後は戦後の苦労が待っていた。三十数年の小学校の教員生活を終え、五十半ばで引退した時には心臓を悪くしていた。九年前に父に先立たれた後、長男夫婦と一つ屋敷にすみわけていたが、心情的にはひとり暮らしだった。第七子の順造の位置からは兄弟姉妹のそれぞれの家族経営の景色がよく見えた。よく見える分だけ順造は、ひとり暮らしの気概をもちつづけている母に同調するものがあったのだが、順造自身も加担者のひとりにすぎなかったから突出した意見をいうことは出来なかった。母のそんな気概の支えとして、四男だった亡父の家系継続の意思が働いていたように思う。長男にはまだ子供がいなかったからである。母は母なりに亡父の所へいく手土産が欲しかったのであろう。シマの女のさがとして、母もまた老いてますます長男「種」幻想に心根をおさえこまれるようになってきていた。逝くというのは地上の血縁の糸にひっぱられてそれをバネにして弾けていくのだ、というような言い方をしていた。

母の声の調子で、順造にはその意図が察せられた。

「あんた、今日泊まりに来るね。電気切れたりするさ」

「うん、アパート寄って戸締りして行くから」

泊まりに来てねとか、泊まりに来て頂戴とか主意的に断定しない母の心が読みとれた。行くつもりのものが行かずにはおれない気持ちになった。

順造は読みさしの本を鞄にほうりこんで、風雨の中に車を乗りいれた。ワイパーが一拍子で弾き出すフロントガラスの向こうの景色がゆれている。芝野の家はどうなっているかな、と気掛かりになった。まず行くべきは芝野の家の高三の息子の所ではないかという思いが頭をかすめた。

順造は一年前から妻子と別居していた。妻に「ああ、どうせシマの太陽と女と親兄弟がいいんでしょう」そう言い切ってしまわれると、順造も後へはひけなかった。一度や二度ならいざ知らず、同じ言葉を折りにふれくりかえされると、習い性となってしまうまでにいい加減に、自分の気持ちをおし殺して生きていくわけにはいかない、と思うようになった。ある日ちょっと家を空けるつもりで家を出たのであったが、出たあとに色々なことが飛び出してきて、抑えていた感情がもろに露になってしまっておいそれと戻れなくなってしまったのであった。

いま妻は妻なりに憂鬱な気分を晴らすために、東京の大学に通っている長男と長女のもとに身を寄せていて、芝野の家には次男がひとりでいた。独立心の旺盛な次男は親の別居を、

「それ父ちゃんと母ちゃんの問題だろう、オレ関係ないよ」

と無視を決め込んでいた。

「真ちゃん、どうしてる」

母は順造夫婦の不仲に心を傷め気をもんだ。何よりも三人の子供の将来を案じた。

「あんたが、折れなさい。家に戻りなさい」

と順造を叱りつけ諭した。それでも順造はにわかにほぐれてこない自分の感情に拘りつづけ、母の心痛に応えてやることが出来なかった。

順造は車をおり自分のアパートまで行く間に吹き晒されてずぶ濡れになった。シマの中部G市の境界に建つ国立大学のおかげで、周辺の土地は高騰した。その波及効果で砂糖黍畑の端々から学生向けの簡易アパートに変貌していくさまは、どこか中学生の身体の変化のように不安定だっ

た。今日は建物に挟みこまれた砂糖黍畑が強風になぎ倒され地にひれ伏している。辺りからいつもの不安定さがかき消えて、どこか粛々となって見えた。

順造はシャワーを浴び、着替えた。ガスの元栓を閉めると他にすることはなかった。別居してからこの方、特別この場所での生活の広がりを求めなかったから、広めのベランダにある物といえば干し綱に吊ってある物干しだけだった。

出がけに芝野の家に電話をかけた。

「台風、大型らしいよ」

「ああ……」

「家の周りの飛びそうなものは、中に入れて置けな」

「もう入れた」

ぶっきら棒だったが声色から、あんたに言われなくても心得ている、という気概を感じわけた。順造はいらぬお節介だったかなと思いつつ、今から母のマンションに泊まりに行くことを告げて電話を切った。

家を離れると自分の思いがよく見えた。結婚して二十年もたったのかとおもう程だった。でも心の変容の節目が判然としなかった。ということは順造自身に変容の自覚がなかったともいえた。

「シマに来てあんたはだんだんシマの人間になってしまったのよ」と妻がぼやくとき、妻は順造の気持ちの変化を敏感に感じとって嫌悪感を述べているのだが、それが順造には納得いかなかった。ささいなことでたびたび口論になった。妻が「シマの人間になってしまった」と順造をなじり「あんたが変わったのよ」と吐きすてるようにいわれると、やがて順造も「シマに適応できないあんたの方が頑固だよ」と言い返すようになっていた。いっそのことしばらく母と一緒に暮らしてみようか、と思ったりした。末っ子の甘えととられるのは嫌だったが、成人してから一度も一緒に暮らしたことがなかったので、老いてしまった母の日常により添って生きてみるのも悪いことではないと、思いなおしたりしていた。

順造は母のマンションの駐車場に車を乗り入れ、風の中に立った。見おろした那覇の市街地の人家やビルの明かりがくすんでいた。泊大橋のアーチが微かに見えた。空が鳴っている。マンションの護り木のガジュマルの根方の下水溝の暗渠が轟音をたてている。地と天が呼びかっているようだ。順造は風圧に抗して身をすくめマンションを見上げた。晴れた日の威風堂々が、しょげて見えた。

順造は表玄関の電動扉のわきに立ち、氏名板の隅の鍵穴に合鍵をさしこんで、右へ回した。作動しないようだ。扉を透かして管理人室をのぞいたが人影がなかった。順造は裏手に回って階段の上り口を捜した。鉄製の門扉で遮蔽されている所がどうもそうらしい。近づいて開けようとしたが内側から施錠されていた。一階の住人だけの専用の通路なのだろう。この地もとうとう他罰的な都市型の居住感覚に浸透されてしまったのかと憤ってはみたものの、仕方のないことではあった。日頃は気づかない、表玄関からメインの昇降口に至るまでの人工の距離の遠さを思った。三十メートル程上階で身をすくめて風の音に耳を澄ましているだろう母の姿を想像した。

門扉の陰に人影が動いた。手前の区画の主婦らしかった。

「すみません、通して下さい」

順造は上階へ行きたい旨を告げた。

「あら、鍵閉まっているの」

女は施錠をあらためると家にとって返したが、待ち人来たらず、という顔で戻ってきて開けてくれた。

順造は風に押され、濡れ鼠になって上階まで駆け昇った。

母はひとり住まいの不安を密封するかのように、窓を閉ざしカーテンを引き、がらんとした居間にローソクの明かりを膝元近くに引き寄せて、ぽつねんと座っていた。母は順造の到着で安堵したとみえ少し饒舌になり、ガタのきた膝関節をさすりつつ順造の着替えを構ってくれた。間もなく、停電がおさまった。電気的な昼間の明かりが戻った。順造は高窓を開けて外をのぞいた。間もと風ではなく、下界で吹き荒れている風音だけが飛びこんできた。上階のこの位置は風穴になっていることにおもい至った。建物の構造上の人為性が感じられた。この位置からの風の遠さが、順造には母と子供等との心理的な距離の遠さを思わせた。母のマンション暮らしは、長兄の嫁と寝起きを共にしたくないという欝積した長年の憤懣と心情を汲んで実現したものであった。長兄は日本復帰の年に亡き父の意志と姉婿の助力を得て、順造ら二、三の親族をまきこんで精神病院を開業したのであったが、復帰後の沖縄の精神医療事情に支えられて経営が好転するにつれ営利に傾斜したまま上意下達《じょういかたつ》が露になっていった。

人の善意を信頼し教壇という限られた領分を行き来し、定められた給料の範囲で家庭経営をしてきた母にとって、拝金主義の臭いのする成り上がり根性は、体質的に我慢ならないものがあったようだ。マンション暮らしは、そんな母の老境に至ってはじめての退っぴきならない選択だった。ここにひとりいると、ひときわ夜の永さが身に滲みるに違いない。「もうあとがないんだから、好きなように生きたら」と音頭をとったのは順造で、それをしぶしぶのんでお手伝いさんをつけてくれたのは長兄であった。

母が先に休んだ。順造は仏間に布団を敷き、スタンドを点け深夜まで本を読んだ。眠気が来たので小用を足してからと思い、母の寝室を通り過ぎようとして何気なくドアに耳をあててみた。息づかいがない気がして心配になり、そっとドアを押し開けて中に入った。消し忘れたスタンドの薄明に母の寝姿が浮きあがってみえた。光の加減のせいか母の顔は黄濁し鈍く光っていた。一瞬母の死相を見た思いがして息を呑んだ。順造が声をかけてゆさぶると、引き攣るように小刻みに息を呑み込んで寝返ったが、目覚めなかった。母の自力心拍が二十台に落ちたことは、今年二月のペースメーカー交換の時に医者に告げられていた。母はここ数年来ペースメーカーの発する無言のシグナルに耳を澄まして来たにちがいなかった。

　順造がいつか、

「二千年まで、もう交換なしだな」

　と軽口を叩いたら、

「んんん、そんな永くはいいよ」

　と気弱に笑っていたことを思い出した。

　順造は投げ出された母の腕をとった。手首に指を当てて心拍数を数えた。七十二回だった。気は張っていても八十歳を目前にした母のひとり暮らしもこれが限界だな、と順造は思った。無防備な母の顔に刻まれた皺の綾に、あらためて母の老いをみる思いがした。この頃から昼間行き来している長姉は「あんたがた男兄弟でなんとかしなさいよ」としきりにうながしていた。

　母の死の前日は日曜日で、小雨の降る肌寒い一日だった。順造は、週明けには母の退院のこともあったし、妻のこととの兼ね合いでいろいろ思いめぐらして愚図愚図して昼過ぎに起きた。同時に自分のアパート暮らしも終わらせなければならなかったからである。いっそのこと大きめの一軒家を借りて、母を病院からひきとろうかとも考えたりした。決心の鈍らない中にと借家探しをしようと思ってアパートを出た。市内の不動産斡旋業者の口利きで二、三物件をあたってみたが、気持ちの動く恰好の家が見つからなかった。浦添まで足をのばしてみることにして、ひとまず母の入院している病院に立ち寄った。

順造は拡張工事を終えたばかりの真新しいリノリウムのフロアを踏んで、仄白い迷路に踏みいるように、母のいる旧館の病室にたどりついた。主治医は母の小学校教員時代の同僚の息子さんで特別の配慮をしてもらっていたのだが、そこには近代医療の誇る生命維持装置とそれを操るスタッフがいるだけであったから、母にとってマンションの孤独とは異質なあらたな隔絶感があったと思う。

建てつけの悪いドアを押して中に入ると、母がひとりでテレビを観ていた。日本人初の宇宙飛行士の打ち上げのニュースが流れていた。母は漫然と見ていただけらしく、順造がベッドサイドに来てソファに腰を下ろすと、

「あい、あんたね」

と言い、物思いを中断されたような面持ちで胸を起こした。母は何か胸に思いを溜め込んでいる時、身をひくようなしぐさをするが、今日の母はそれだった。順造も告げたい思いを胸に秘めていたので、双方で身をひくような恰好になった。

順造は黙ってソファの上に横になった。いい塩梅に肘掛けが枕替わりになった。母も黙ってテレビを消して横になった。同じ向きの流れになった。

ベッドから母の声がかかった。

「枕、いいね」

「ああ」

順造はいらぬといわずに、ああと応えた。いる場合も、ああでよかった。寝物語をする恰好だった。不仲の妻と共に居る時の呼吸の不調和を思った。今頃になって、呼吸が気にならない女との邂逅を望むという虫のいい話が通るはずはないのだ。順造は自分の行為の顛末を反芻し自嘲まじりの感慨にとらわれた。その裡で、側に横たわっている老いた母との呼吸の調和が、何とはなしにあり難く思われてくるのだった。

父の七回忌がすんだ頃だったか、母方のトートーメー（位牌）を継ぐ人が決まったというので母のお伴で今帰仁《なきじん》の天底《あめそこ》まで行ったことがあった。モリオさんという後継者の家は天底の本部落から下った仲宗根に至る国道沿いにあった。道路より少し高めのその家屋敷は通風がよく、広い庭にはところ狭しと初夏の草花が咲き乱れていた。蜜柑やパパイヤの果樹類も手入れがゆき届いていて、辺りのたたずまいにも爽やかさが感じられた。庭先まで出迎えてくれたモリオさんは細身に褐色の肌の中年の男だったが、物腰のやわらかい温和な人柄を思わせた。

「はい、おばさん」

そうやさしく声をかけて手をひかんばかりに家のなかに招き入れてくれた。村の消防士だといっていた母の言葉を思いだし、順造は何か助っ人という言葉を類推して後継者に相応しい気がしてひとり北叟笑《ほくそえ》んだ。

玄関を入ると正面に仏壇が安置されていた。以前母の実家で拝んでいた三つの遺影が眼に飛び込んできた。引っ越してきたばかりの人のようにまだしっくりと落ち着きを得ているようには思えなかった。それは順造の眼に馴染まないだけだったのかもしれないが、順造にはそう感じられた。その中で二十五歳で支那事変で死んだ叔父の遺影が、その若い風貌で浮き立っていた。早くに嫡男を失った祖父母の失意は姉である母の失意でもあったから、母にとっては婚家即ち父の側の長男「種」幻想の対に組み込まれた後も、絶えず気がかりなことだったに違いない。母が、折りにふれ順造の子供らに遺影の雛形の写真を見せて「父ちゃんによく似ているでしょう」と誇らしげに言っていたことを思い出す。母はそういって弟に似た順造の中に自分の父方の「種」が絶えていくことの侘しさを紛らわすようすがを捜していたのではないかと思う。母は五十有余年父に寄り添い、八人の子供を産み育てながら、自分のそんな思いを半眼で見据えているようなところがあった気がする。父が分家創出の気概からか「仲宗根家仲宗根家」と声高に言うとき、黙って微笑んでいたのを思い出す。

モリオさんのお袋さんが、母が手渡したお供え物を仏壇に上げ、線香を焚いてくれた。お袋さんが来るべき人が来たことを告げると、母がそれを受けて「ここでゆっくり休んで下さい」と安堵したように語りかけていた。

お昼時で、快活な奥さんのすすめる手料理を御馳走になった。子供達も学校から帰ってきて賑やかになった。母は孫のような子供たちに名前をきき確かめながら小遣い銭をやっていた。やっている母の方が嬉しそうに見えた。世代を越えて継いでいくだろう小さな者たちへの母のかぎりないおもいが偲ばれた。その子らに母は、まだ生まれない自分の長男の子を重ねあわせていたと思う。

間もなく、モリオさんの先導で墓参りに出発した。墓は国道から本部落よりの、畑地の腰当《くさてぃ》になっている丘の頂きにあった。

「階段つけましたよ、おばさん」道なかでモリオさんが言った。

「そうね、難儀させたね」

母は労をねぎらってモリオさんの志に感謝していた。

草花が咲き胡蝶の舞っている野の道を横切った。墓の昇り口まで来るとすぐにそれと分かる新造の階段が傾斜面に沿ってたち上がっていた。やや急だったが、しっかりした造りだった。後生《ぐそう》への爽やかなステップという趣きを感じた。母は順造に後ろから腰を押され「よいしょ、よいしょ」と自分でかけ声をかけながら上っていった。晴々とした声だった。墓前の木陰に立った。亀甲墓の全容が見えた。後背部の琉球松の林が風に鳴っている。

ときおり墓の全身を洗うように風が吹きおろしてきた。

墓の甲羅で五月の光が輝いていた。自分の父方のゆく末はこれで片づいた、と母は思っていたにちがいない。

母の起きている気配がした。あの時の母の晴れやかな顔はなぜか寂しげにみえた。ふと何となく、かたわらの母に嘘の一つもいってみたい衝動にかられた。「兄貴にヨソに長男がデキタらしいよ」「あれにはそんな意地はないよ」「と思うでしょう。人はその気になればなんでも出来るんだから、わからないよ」「そうかね」母の期待がふくらむ。「ホイといってつれてきたら、お母さんどうする」順造がたたみこむ。すると母は「あっさ、大きいスージ（祝儀）してわたしが育てるさ」というだろうな。

母の声だった。

「秋山さん戻れるかね」

順造は何のことかと思ったがすぐに了解した。宇宙飛行士の名前をさんづけでよんでいるのだ。母は一人の人間が地上から打ち上げられてこの地球を離れ、遠くへ飛んで行ってしまうことに思いを馳せていたのだろう。そう思ったから順造は、

「コンピューターで制御されているから大丈夫だよ」

と説明した。

「そうかね」と母。

「打ち上げられて大気圏を突き抜けるまでが大変で、それさえうまくいけば後はどうってことはない、無重力の軌道をすいすい回るだけだから」

順造は陳腐な宇宙科学の初歩的な知識をひけらかしたが、何か母の求めていることとは違うような気がした。母は生身の一人の人間がいったんこの地上から消えていくこと、宇宙という名の茫漠とした場所へ放り出されることへの不安をいっているのだ。沖縄に故郷をもつ者の後生《ぐそう》という考えを具体的に思いえがくとすれば、やはりこの地上から去った後のどこかの場所を想定するしかないだろう。まさか、自分のおさまることになっている墓の斜め上空に安穏な場所を想定して納得するわけにもいかないだろうから。母の不安はやはり長男に後継ぎがいないことを反映している気がした。

「でも、コンピューター動かしているのは人間でしょう。人間には失敗があるからね」

母の言い方がどこか内省的に聞こえた。自分の身に引きつけて考えているように思えた。母がいい足した。

「何であんな遠くまでいかんといかんのかね」

順造は母の慨嘆口調の思いの裏を想像した。母の心臓の部位の皮下に埋め込まれているペースメーカーのことに思い及んだ。コンピューター制御されているこの装置が、眠っている間も機械的に作動して、母の生命を支えてくれている。自分は自分で生きているのではなく機械によって生かされているのだ、という自覚が母にはあったと思う。母は母なりに自分の死後の世界をかいま見ていたと思う。それだから、宇宙船のコンピューターがなんらかの人為的なミスで作動しなくなり、飛行士もろとも大気圏外に放り投げられ、宇宙闇のなかに漂っている様を案じていたのだろう。

順造が話題をかえようと思っていると、母が起き上がって再びテレビをつけた。順造も起きてテレビに目をやった。ソビエトのどこかの荒涼とした発射基地からの生中継が流れていた。発射の時刻が十分後だと告げていた。

そこへ不意にドアが開いて次兄のシロウさん一家がやって来た。

「お姑《かあ》さん入院していたの。この人いってくれないんだから」

兄嫁の少し甲高い声が、湿っぽくなっていた雰囲気を吹き払ってくれた。歯医者で宇宙論や哲学に素養のあるシロウ兄は、ゴルフ焼けした顔を綻ばせて、まあまあと妻をとりなしている。姪の由衣子がベッドサイドまできて、その華奢な手に大事そうに抱えてきた花駕籠をさしだした。

「はい、おばあちゃん」

「あい、由衣ちゃん、来たね」

母は晴れやかな顔になった。母には孫が十六人いたが、女の孫は三人しかいなかったので、その代表からもらった花のようで、格別な思いがあったと思う。順造は妻との葛藤の中で順造に対して心を閉ざしてしまった東京の娘のことを思った。姪の爽やかさが眩しかった。

「ほれ、もう秒読みに入ったよ」

順造の声で皆一斉にテレビの画面に目をやった。……サーティ、トゥエンティナイン、トゥエンティエイトゥ、トゥエンティセブン……画面には秋山さんの妻の顔が大写しになっていた。両手で顔を覆うようにして祈っていた。母はその姿を息をつめて食い入るように眺めていた。……スリー、トゥー、ワン、ゼロ。宇宙ロケットは轟音とともに打ち上げられた。ロケットの尻の藁ぼうきのような火炎が次第に小さくなってあっという間に見えなくなった。

「ほれ、成功だよお母さん」

順造が声をかけた。

「よかったさ」母は安心したようだったが、すぐに「戻ってこれるかね」とまたあらたな不安を抱いたようすだった。

シロウ兄が「大丈夫大丈夫。いまの科学は完璧だから」とロケットの原理や安全性等についていろいろ面白く解説して母の緊張をほぐしてくれた。

「一週間後に戻ってくるというから、地球帰還の番組はマンションで見られるよ」

順造は母の退院を予想してつい軽口で母を励ましてやった。母は笑って聞きながしていた。それが母にかけた最期の言葉になった。ついに退院後の同居のことや妻とのことなど言わずじまいになった。

順造は久し振りのシロウさん一家に後を託して病室を出た。順造は足になじまない病院のグリーンの廊下を歩きながら、結局あの高層の独居マンションで、ひとりぽつねんと秋山さんの帰還を待つであろう、母の再びの夜の永さを思った。


翌朝、順造は定時に出勤した。カーラジオがこの島の中南部の甘蔗の尾花がでそろったことを告げていた。島はこの季節を迎えると平地という平地は丘の裾から海浜までが一面に白い絨毯を敷きつめたように変貌する。その景色は地が天にすいよせられ、天と地の境が溶けて一体となり、あわい幽冥界の趣きをたたえ、見る者の心を魅了した。天道を冬日が移っていくその位置によって、風情が微妙に変化するようすが見てとれた。順造はこの季節が気に入っていた。今日あたり職場を抜けだし、妻や母の進退をその心になって思いやりながら、ぼんやり尾花の道を歩いてみようかと思った。

午前十時を少し回っていただろうか。相談室のデスクで小休止をいれていると医療事務をしている妹からインターホンがかかってきた。

「お母さん、おかしいってよ。すぐ来るようにって」

今朝、母の身の回りの品を届けにいった次姉のヒロコさんからの報せだったという。詳細は不明だが、容体が思わしくないらしく蘇生術を施しているという。

疾走する車の中でハンドルを握る妹の手が震えていた。順造は気持ちを落ち着けようとタバコを吸った。賑やかな見舞い客の去った後のさびしそうな母の顔が思い浮かんだ。

「この間お風呂いれたのが悪かったのかね」妹は意外なことをいった。この間とは先週の水曜日のことであった。退院予定になっていた日で昼休みに妹と二人で迎えにいったら「今日はよして来週にしましょう」と主治医にいわれたと、ちょっと落胆している口振りだったのを覚えている。

「いいさ、急いで退院することもないし。のんびりしたら」と順造は軽口をたたいて景気づけたのであったが、母にとっては病院がうっとうしかったのだろう。福島に嫁いだ姉に林檎を一箱送らせ、すでに看護婦さんらに配ったりしていたから、早々に退院するつもりだったのだろう。その日はマンションからお手伝いさんに着替えなどもってこさせていた。「今日は娘がくるから、娘にお風呂いれてもらうから」と朝からずっと待っていてお手伝いさんの介助を断っていたらしい。その日妹は「はい、りか、入ろう」と笑って狭い個室のバスに母と一緒に籠ったのであった。

びっしょり汗をかいて出てきた妹とは対照的に母の顔は久し振りにみる清々しさを感じさせた。

「あっさ、おばさん、今日は違ってみえるさ」といったお手伝いさんの言葉が、身にしみた。妹も同じ思いだったと思う。なんだかんだといいながら、お風呂を入れてあげられる近くに誰もいなかったのだ。

病院の駐車場に車をのりすてて、病室まで小走りに駆けた。

姉、兄らが皆立ちあがっていた。若い医師が母のはだけた胸にとりついている。心臓の部位に当てられた腕に、あらあらしく重圧がかけられ、その度に、枕元に引き寄せられた心電計のモニターが、母の心音を電光にして弾きだした。重圧がかかると閃光が跳ね、鼻と口を覆っているゴム管の束が軟体動物のようにゆれた。幾度も重圧がかけられ閃光がその度にむなしく跳ねた。母の荒れた顔。はだけられた胸。うごかなくなった四肢。母が母でなくなっていく。順造はあの台風の晩の母の死相と同じものを、そこにみていた。あの時の母は、大息をして息をふきかえしたではないか。そう思いつつも順造は、もはや、母の身体の内側から母の息をひっぱっていた力がふたたび戻ってくることはないと思い定めた。長姉らがあきらめきれずに母の手にとりすがって「お母さん、返事して」と涙声をかけている。順造はその肩ごしに律儀そうな医師の虚しい蘇生術を見ていた。母の自力心拍はすでに失せていた。

気の弱い次姉が堪らなくなって病室を出た。長姉は母の腕を撫でさすり掌を揉みしだいて自分の体温をのり移そうとするかのように、なおも母にとりついていた。

「お母さん、何か言ってよ」

ものの心ついてこの方、多子家族の第一子二子として、母と二人三脚の人生を歩んで来たふたりの姉だった。順造の男兄弟の不甲斐なさを愚痴りながらも、足繁く母の独居マンションに通い続け、手になり足になって母と痛みをわかちあってきた。そんな姉らにとって、応答しなくなった母の口元は、見るに耐えられないものがあったにちがいない。このふたりの姉は青年期の上級学校への進学の夢を断念し一家の稼ぎ手として働かなければならなかったのである。そんな風に母の分身性を担わされた恰好だったから、母への思いはひとしおのものがあったと思う。

順造は慟哭で震えている長姉の肩を押さえていた。はだけられた母の上半身を見ていた医師の長兄が順造を見て、首を横に振った。「終わったのだ」と順造は思った。しかし、色々な思いを抱いていて、その思いを晴らすまでは、とある気概をもっていたわりにはあっけない幕切れのような気がした。ほんとにこれで終わってしまうのかと順造は情けなかった。こうしたいという母の思いを果たせなかった自分が情けなかった。そしてそんな自分に憤りを覚えた。

手際よく母の体から蘇生機や心電計モニターがはずされ運び去られた。入れかわりに皆が母のベッドの周りに集められた。主治医は本土に出張中だった。若い医師が困惑気味の顔を皆に向け、頃合をみはからって呟くように臨終を告げた。女達は母にとりすがって泣き出した。男達もそれぞれ目頭を抑えて立っていた。姉達が泣きながら母の髪を整え顔をふき着衣の襟元をなおした。

順造は長兄を助けて母の両手を胸元で組みあわせ、合掌させた。皆おもいおもいに母の体に触れていた。肌はまだ温かかった。顔にも苦痛の色はなく眠っているようだった。呼べば今にも応えてくれるような気がした。

次姉のヒロコさんが来た時、母は病室にみあたらなかったという。どこへ行ったのかと思案しているところに看護婦さんがやって来てシーツ交換をはじめたという。

「母はどこへ行ったんですか」

「さあ」と要領をえない。

「検査でもあるんですか」と念を押したら、

「今日はなにもないはずですけど」との返事。

姉は何気なくトイレのドアの把手を掴んで開けようとしたが中から鍵がかかっていて開かなかったという。ドアを叩いても応答がないので不審に思って看護婦さんと一緒に十円玉を差し込んで開けてみると、母は便器に腰掛けたまま顔をあおむけて壁にもたれかかっていたという。それから若い医師の指揮のもとに四十五分間の蘇生術がほどこされたことになる。

間もなく、看護婦がふたりやって来て母の体をふき清めた。

女達は母の身の回りの物を袋につめ始めた。

男達は車や死亡診断書の手配をし、あわせて葬儀屋と親戚縁者等に連絡をとった。とりあえず父のトートーメーのある母のマンションに連れていくことに決まった。

正午前に男達の手で母の遺体は担架に移され病室を出た。二基のエレベーターを乗り換えて地階の霊安室の前の駐車場に運ばれた。そこで待機していた職場のワゴン車のもうひとつの担架に移しかえられた。遺体になった母はずっしりと重かった。

姉ふたりと長兄が母につき添って車に乗りこんだ。

車を見送ると、順造達もすぐに後についた。

順造は道々、東京の妻と子供達に母の死をどのように報せたものかと思いめぐらし憂鬱になった。自分の家出同然の別居を解消することもできないうちに、ひとりマンション暮らしをさせたまま、母を死なせてしまったことを告げなければならなかったからである。

「家を出たりして、お婆ちゃんに心配かけて。父ちゃんのせいだよ」

電話口でそう直言するであろう息子のなじる声が聞こえてきた。それは同時に妻と娘の声でもあった。

順造が駐車場に車を乗り入れると、母のマンションの入口にははやくも親類縁者が集まりはじめていた。父のトートーメーがこのマンションに移ったことを知らされていない縁者もいたから、ここへ母が運ばれることに釈然としないものを感じている節もあって、いくぶん浮足たっているふうであった。でも、母はここへ越してまもない頃は、気分も一新していて「むつみ会」とかいう女子師範のクラス会をこのマンションでやったりしていたから、元気の間はそれでよかった面もたしかにあった。高層マンションの高い目の位置から、首里城の復元の様子を眺めやって語りあかした夜のことを、順造に話してくれたことがあった。

間もなく母の遺体を乗せた車がやって来た。車からおろし男兄弟四人で担架の四隅を持ってエレベーターの前まで来た。案じていた通りだった。かなりの角度で傾斜をつけなければ乗せることが出来なかった。こんな時のために何か考案されているはずだ、と憤ってみても始まらなかった。担送の遺体を人目に曝して逡巡している場合ではなかった。階段を使うことにして裏に回った。

階段の傾斜は急で幅が狭かった。遺体の重さは兄弟四人の力ではどうにもならず六人がかりになった。手は必要だったが今度は運び手の体が邪魔になった。担架の平衡を保ちながらの前進は難渋した。三十メートルの上階まで遅々として進まなかった。高所になるにつれ皆の手元が不安定になった。

「ゆっくりだよ、ゆっくり」律儀な義兄の声が何度もとんだ。

順造は体をひねり手を伸ばして、シーツにくるまれた母の腕を鷲掴みにしていた。洒落たマンションの人為的な距離を思った。でも、遺体になった母にはもうその距離はないに等しかった。母が生きている間にこの距離をつめることのできなかった順造達男兄弟の手前がっての生き方が映っていた。ここに母を一人おくことしか出来なかったのだから。

遺体は無事にトートーメーの前に安置された。多少手荒に運ばれてきた母だったが、しかるべきところに場所を得ると、緊張していた身を解いたように見えた。まだシーツにくるまれたままの母の顔が男達の性急さをたしなめるかのように微笑んでいた。

その夜は仮通夜で深夜まで弔問客が絶えなかった。明日からの葬儀万般の段取りを済ませたあと最後に姉妹達がその婚家に帰っていった。そして、男兄弟が四人残った。


真夜中だった。交替で眠る手筈になっていたが、まだ誰も眠らずに起きていた。兄達もそれぞれに尽くせぬ胸の思いを反芻していたと思う。死者になった母は死化粧をほどこされドライアイスに固められてかたわらに横たわっていた。頭部に長兄がいた。その側に三兄。身幹部に次兄。そして、順造は屈曲した脚部に位置していた。頭から脚へ長幼の順という趣だった。何とはなしに皆それぞれの位置から、冷えきった母の体に手を伸ばし銘々の思いのたけをまさぐるように触れていた。

長兄がうなじの後れ毛をはらい、耳元から頬のあたりを撫でながら言った。

「いい顔してるよ」

「うん、美形だな」と次兄が襟元を合わせた。

「今帰仁ウカミ（女神）だったからな」と三兄。

順造は母の故郷のムラ、今帰仁村天底《あめそこ》部落の風のそよぎに思いを馳せた。ムラは為朝漂着伝説が語り継がれている天然の良港を背にした丘陵台地にあった。南西の方を見やると本部半島を縦貫する常緑の山々が峰をなして連なっていた。港を運天港といいムラを天底《あめそこ》と呼びならしているそのとりあわせが何故か暗示的に思えて気に入っていた。運を天にまかせてやって来たという言い伝えが、そもそもムラ人達の心に異種流離譚を根づかせているらしく思われ、それと天の底にすみかを定めたという結びつきが面白く思われたからである。また、このムラには明治の初年頃、斜陽の琉球王府の下級士族達が数多く寄留し、子孫を増やしたというから、あるいは母の淡泊な性質と気位の高さは、このことに由来しているのかもしれない、と順造は思った。その上、母方の曾祖母は土地の言葉でノロとよばれる神官だったというから母にもその血が流れ天を感受する生来の素質があったのかもしれない。順造は母の老いてからのひとり暮らしの気概の由縁を思った。

気づいたら順造の手はひんやりとした母のむこう脛を摩っていた。ふくらはぎの弾力はもはや生者のものではなかった。なぜかまた、ひとりでに涙腺が膨らんできておしとどめようがなかった。美形だなんだと言うけれど、こんなに冷たくなってしまったんでは仕方のないことではないか。順造は湧きあがってくる悲しみをのみくだした。兄達のせいにするわけにもいかないことが、一層順造の心をかきたてた。

「夜の永さが堪《こた》えていたよ」

順造が呟くと、長兄が、

「ううん、だけどペースメーカーの限界だよ」

と言い辛そうにいった。

「よくもったよな、この心臓」三兄が母の胸を摩った。

「八年だろう」

次兄が感慨深げにいって、腕祖みをした。

「いや」

と順造は思い切っていった。

「ペースメーカーの限界ではなく、心臓をとりまく我々の環境が悪かったんだよ」

兄達は黙ってしまった。言うだけは言ったものの順造にも如何ともしがたいものだったから、後味の悪さを噛みころした。いまさら、何を言っても始まらないのだ、そう肝に命じて瞑黙した。眠気と疲労がどっと来たように感じられた。

「少し、呑みますか」

順造が兄達に声をかけると、皆同じ気分だったらしく賛同した。

順造は水割りをつくり兄達に配った。

死者になった母のかたわらで呑む酒は、苦みを含んで五臓六腑に滲みていった。

長兄がさすがに疲れたらしく、

「お先に」と言って横になった。

太めの三兄もいつの間に横たわったのかいびきをかいている。

「疲れた」

そう呟いて順造も母の足元に横たわり、眼を閉じた。

「いいよ、寝なさい。僕が起きておくから」と次兄がいっている……。

順造はとぎれていこうとする意識の向こうに、ふわりと、片膝たてて座っている老婆の姿を思いおこした。すぐに「今帰仁《なきじん》のオバー」だとわかった。門に大きな桜の木のある茅葺きの一軒家に住んでいた。小学生の順造が那覇からいくと、いつも板間の筵の上にゆったりと座っていた。清々しいバサージン（芭蕉布の着物）をつけて端正に座っていた。順造が針突《はじち》のはじかれた手の甲をひっぱったり、ゆるゆるになった腕のたわみを撫でさすったりしてもなすがままにされて遠くの方をみていた。それに寡黙だった。子供心に気品めいたものをかんじさせるオバーだった。立て膝が緋寒桜によく似合うオバーだったと思う。そのオバーか死んだとき順造もかたわらにいた。「アンマサン（具合悪い）といってクチャグワァ（裏座）に籠って四、五日して、眠るようにして死んでいった、と母に聞かされた。死んだその日に姉に連れられてかけつけたら、まだ遺体はそこにあった。のぞいたらほんとに眠っているようだったのを覚えている。昼間はあんなふうに片膝立てているのに、夜はこんなふうにして眠っているのだな、と妙に関心してみていたことを思い出す。このオバーに母はよく似ていたと思う。壮年期の母は痩せていて端正な顔立ちだった。

母の性格を言い当てようとすると判然としない。母は父という明確な輪郭をもった川を流れてきた水だったような気がする。主義主張は父がもち、母はそれにつき従っただけ。それでいて、どこか川の輪郭を越えている趣きがあった。母は父の死の翌年ペースメーカーを埋め込んだ。使いこんだ心臓を新品ととりかえて蘇生した気分を味わっていたと思う。たしか口にしたこともあった。その分、余生は父という川の輪郭を離れて自分の思い通りにしたいという自分の意志に衝きうごかされていたように感じられる。母の気位も晩年のひとり暮らしの気概も故郷のムラ「今帰仁の天底《あめそこ》」のものだったような気がする。順造は子供らに下の世話をさせずに卒然と逝った、母のやわらかい意志をおもって、あらたな哀しみにとらわれた。

順造はいつしか眠りにおちていた。

翌朝、順造はドライアイスに固められた母の脚部の冷えが身にしみて目覚めた。母を見た。兄達に添い寝されてゆったりと眠っているようだった。母の死化粧は凛としずもっていて、この世のものでない美しさで順造の心を弾きかえした。

　順造は室内にたちこめた線香の臭いを吐きだそうと思って、市街地のみえる窓を開け放った。ベランダに出た。心地よい初冬の風が顔を撫でて吹きぬけていく。眼下には東シナ海におちる那覇の白い街並みが、昨日と同じ表情でひろがっているだけだった。着替えずにゴロ寝したままだったから上着が重たく感じられた。なに気なくポケットに手をしのばせると母の手帳が出てきた。昨日病院をひき払うとき、ポケットにねじ込んでおいたものだった。パラパラとめくっていたら、連綿と書きつらねた住所録の最後の頁の裏に眼がとまった。みるとそれは父と母方の祖母と戦死した弟の命日の走り書きだった。

「祖母の命日、十二月三日。三十三回忌」とあった。

背の闇

第三四回九州芸術祭文学賞沖縄地区優秀作
二〇〇三年

書斎の照明を落としてみた。窓の磨りガラス越しに仄かに朝の光が浮き上がった。順造は背中に闇が溜まっているのを感じて肩をしゃくった。闇が肩越しに順造の身に溶けて一元化したように思え、その分自分の背後から身が崩れて闇にまぶされた感じがした。手元の書物の文字は読めなくなったが、そのかわり室内の雑多な物の影がくっきりと露呈し、その奥行きが現れた。出窓に立てかけてあった二つの肖像画が目に止まった。二つとも順造自身のものであった。

一つは三十代の終わりに、モノに憑かれるようにして自分で描いた作品の中の一品で、愛着があって捨てずにいた。闇の裂け目からぬっと首から上をつきだした絵柄で、額を掘削したような巨きな青眼とテトラポット様の鉤鼻とアンテナ様の耳が付いていて、順造だけがそれと分かる顔貌であった。

他の一つは五十代の初めに那覇市国際通りの街角の似顔絵描きに描いてもらった一品であった。粗末ないすに腰掛けて、いわれるままに胸を張り、顔を上げて中空に視線を泳がせていた。

足を止めて見比べる冷やかし客の目が順造の酔い心地をなぶり、羞恥心を刺激したが、描きおわるまでの三十分無頓着を装って座り続けた。持ち帰ったその絵の中の人物は確かに自分のようでもあり、そうでもないような妙な気にさせる出来映えであった。自分で描いた自画像と似顔絵描きの手になった肖像画、恐らく二つの絵の何処かに自分の納得のいく自分が居るに違いない。

自分というものは探し始めるといつも何処かへ雨散霧消する厄介な代物で、他人の眼に映るその姿は、その時々の他人がつかんだ影にすぎないとも思えた。二つの肖像画を見比べている順造の胸中に、流れ去った時間の堆積が感じられた。あの絵からこの絵に、自分から自分に、時間の橋がかかっているのだが、それが何なのかよく考えてみると判然としない。時間の橋を渡ってきたのは自分であることは間違いないが、それが必ずしも確固としているとはどうも考えにくいのである。

あらためて順造は二つの絵を見比べて肩をしゃくった。二つの絵の中に流れていった時間の曖昧さは、目下順造が肩越しに感じている闇の中に、背後から溶け出して我が身が崩れていくという感覚と、何処かで一元化して有るような気がした。街の似顔絵描きに自分を晒した日から更に十年の歳月が流れて、現在がある。還暦を目前にして順造は、人の一生が膨大な闇から生まれ、再び闇の中に消えていく一条の閃光のようなものと思いなす自覚が深まった感があった。一条の閃光の灯る時間の長短が、宿縁に染められた各人の一生の長さに思えるのである。

似顔絵描きに身を晒す数年前からの、妻との愛憎劇に決着をつけて。順造は一人暮らしを始めたのだったが、妻は妻、子供らは子供らなりに、順造が出て行った理由を忖度しつつ、それぞれ生きる場所を得て、新しい家族をつくり暮らしはじめた。今となっては、余計な口出しはすまいと決心して、いささか不人情の底意地を残したまま、自分は自分で新境地を行き始めているという具合であった。五十代半ばを過ぎて再び、順造に静かな生活が戻ってきた感があった。静けさの底には微風がいつも吹いていた。それは麻知さんがもたらしたもので、闇と一元化する体感を自覚しはじめた順造には、いずれ闇に還っていく者同士、呼び合っているように思えた。

「順造さん、もうお昼よ」

麻知さんの呼ぶ声が聞こえた。いつもそう思うのだが、自分にまつわる想念に費やす時間の何と速く過ぎてゆくことか。

「清明祭に行くんじゃなかったの」

台所で水を使う音がしている。順造はおとした灯りを元に戻した。還暦目前の相変わらずの、自己探求癖のもつれた想念を吹き払った。

順造は書斎を出た。肩越しに背後から崩れかけた闇をひきずっている自分を自覚していた。何かが変だ。台所に立つ麻知さんの影も、何処か闇の影を帯びて揺れているようだった。

父母の眠る墓は、那覇の市街地から四キロメートル程離れた首里城の南、金城ダム公園を見下ろす丘陵に建っていた。順造はダム沿いの市道の脇にくるまをとめ、ダムを二分する旧道を下って橋を渡った。傾斜した木の間路を墓に向かって歩いた。芽吹き始めた木々の新緑が、気まぐれな疾風に絡まれて騒ぐ音が聞こえていた。早咲きの梯梧の花弁が、ちらほら萌えだしているのが目に止まった。順造は肩先に闇の重さを感じた。坂道を踏みしめているはずの足元が、地から離れて浮いているのを自覚しながら、祭祀を取り仕切っている長兄の一家の待っている墓に向かって、あるいた。

日本復帰後、沖縄本島の墓地の形成には、何か唐突で底の浅い賑やかさと異様さを感じさせるものがあった。殊に中南部の墓地にはそれがはなはだしかった。元々狭隘な土地を、戦後広大な米軍基地に囲い込まれ、その隙間を縫うようにして、西海岸沿いの都市が形成されてきたのだが、本島北部や離島先島《さきしま》からの人口移動によって、東海岸沿いの市町村も、膨れ上がった人口増を呑み込むように、都市化の速度を速めていった。そのため本島中南部の東西の背後地が嵌入しあって、凸凹の窪地や潰れ地の斜面に、おびただしい数の大小の墓地が造成されていったのである。都市に移動してきた人々は、自分の住む住宅の近くに墓を買って、祀りごとをするようになった。沖縄人のシャマニズムの心情に裏打ちされて、建墓屋は暗躍し、次男三男も新墓をローンで求め置く時勢になった。お陰で聖と俗の空間感覚が崩れ、至る処に、この世とあの世の大合奏的墓地景観が出現し、闇が希薄になった。順造の父母の眠る墓もこの流れの中に建てられた。

墓庭にはすでに血縁の面々が集まっていた。例年通り、青いビニールシートの上に花筵が敷かれ、墓前に重箱が供えられ華やいだ共食の雰囲気に包まれていた。御香炉の所定の位置には花、酒、水も納まっていた。賑やかな円座の中心に居るのは長兄の一人息子で、小四になった。故あって長兄が五十代半ばにもうけた子だったが、取り巻きの大人たちの祝福や、甘言や気遣いに抗うように、剽軽で賢い闊達な子供になっていた。

順造は墓の隅にまわり、新聞紙をねじりライターで点火し、皆の線香をあぶってやった。線香が皆の手に行き渡るのを見計らって、長兄が居住まいを正した。皆もそれに習って線香を額にさゝげ、次々と墓前の御香炉にたてかけた。長兄が含み声で低く、皆の近況を告げる。兄嫁が墓の中の父母の食する分を、重箱の中で裏がえした。赤カマボコ、白カマボコ、コンブ、餅、揚げ豆腐、三枚肉が裏返った。

「おい」と順造は少年の肩に両手を置いて言った。

「ここは、ゆくゆくは君のセカンドハウスだな」

順造の冗談口に馴れている少年だったが真顔で返してきた。

「はい、そんな気がします。お父さんが逝って、それから長い時間たってから僕が逝きますから。その前に叔父さんが先に逝って下さい」

賢しらなことを言う。

「なまいきな。でも叔父さんはここには入らないよ」

と順造も応戦した。するとすかさず続けた。「お父さんが逝ったら、僕がクーラー取り付けて置きますから、叔父さんも一緒に暮らしたらどうですか」

と言うのだ。誰に似たのかねこの子は、と呟く長兄と嫁が、顔を見合ってあきれる風なのを眺めつつ、順造は少年のへらず口に愉快を感じていた。

順次お供え物が配られ、長幼の別なく一人前の分け前をもらい、同じ味わいの料理を食べた。同じ味わいの分だけ、身を寄せ合っているそのこと事態が、妙に身内感覚を呼びさまさせる気がした。順造は御香炉の脇から泡盛を下げて、父にかわって口をつけた。舌にころがすと生のアルコールが喉を突いた。順造の舌を使って父が、ゴクリと呑んだ食感が走った気がした。隣の三兄に手渡すと軽く口をつけ隣の二兄にまわした。それから長兄に手渡した。

円座で食べている兄弟、甥姪の顔立ちを見ていると、ここかしこに父や母の面影が刻まれている気がした。順造は自分の手を見た。明らかに記憶の中の母の手であった。掌の大きいぶっとい手だ。傍らの少年の鼻を見た。明らかに父の鉤鼻と相似形であった。

折から、イラク戦争の前夜の米軍の出方を話題にしている、兄達の風貌をみつめているうちに、順造の目はひとりでに、面々の頭上の空の高みに運ばれていった。目だけが順造の身から離れていって、ダムを見下ろす高みを浮遊し、墓群を眺めおろすと一気に、円座を選りだしてしみじみと眺めている風なのである。順造は、あ、と声を上げそうになった。父が順造の目を借りて眺めているのに気づいたのである。その瞬時、順造は背後に父がかぶさってきたのを感じた。背に負うたようでもあったし、等身大の父の影が背後から、自分の中心に忍び込んでしまったようにも感じられた。

父が順造の手を使って、つと御香炉《うこーる》の側の三合瓶をとった。そしてひとりでに口走った。

「いやぁ、中に居てはおあずけをくらったようなものでね」

言葉を発して、紙コップに酒を注ぎつつ順造は、父の声色《こわいろ》を出している自分自身に驚いた。自分の中に父が居座ってしまったのか。順造は紙コップの酒を、ゴクリゴクリと美味しそうに飲み干した。円座の面々が不審の眼を向けた。

「久し振りの酒は旨い。かれこれ二十二年ぶりだな」

と順造の口をついて父が言った。面々は居ずまいを正して順造を睨み、眼を白黒させている。

少年が手元の三合瓶をとって、順造の紙コップに注いだ。

「セカンドハウス息苦しかったでしょう。どうぞ、どうぞ」

とすすめている。

「ぼくが逝ってから生まれた嫡子は、お前か。いい面構えだ」

順造は背の闇から負うようにして、自分の中に入って居座ってしまった父を感じて、肩をしゃくった。順造は少年の機知に救いと共感を抱いたが、背に負うた父の影が一段と濃くなっていくのを感じて、粛然となった。

順造は妹が赤カマボコを喰わえたまま、顔を近づけてなめるように見つめるのを、振り払って立ち上がった。

「叔父さん、何処へいくんですか」

と少年も腰を上げた。

「叔父さんではない、お祖父さんだよ」

順造は円座を抜けた。墓庭を出て歩き出すと、路地端の草むらに「かっ、とっ、」とつばを吐いた。その様子を墓庭から見ていた妹が、素っ頓狂な声を上げた。

「あれ、お父さんの癖よ。松川で玄関を出たら必ずやってた」

そうだったな、と呟く長兄。他の面々も半信半疑のまま、不審をつのらせたのだったが、並んでダムの方へ下りていく二人の背中を、ボンヤリと見遣っていた。折しもダムの上空を、西の端《はし》に現れた大きな白鷺が一羽、東の端《はし》へゆったりと渡っていく姿を認めた。

「おーい。チルー」

順造が大声でよびかけている。その声が父のものであることに皆心の昂りをおぼえたのだった。

辺りに闇がおちていた。その日は朝方から小雨そぼ降る日和だった。守礼門に通じる首里の坂道に大小二つの人影が現れた。大きい影が歩みを止めると小さい影も寄り添って止まった。

守礼門の東方上空は細雨にまぶされた薄闇がかかっていた。二つの影は首里高校の裏門の辺りで脇道に入っていった。壊れた石畳道にイラクサや薄が覆いかぶさり、かきわけかきわけ行く所々に、月桃の花の蕾がのぞいていた。暫く行くと、一面背丈程のぼうぼうの薄原の向こうに、セメントブロックの建物が現れた。天蓋のかかっていない壁面だけの造りだった。二つの影は行く手の薄を払いのけ、出入口らしい開口部を探し当て、誘い込まれるように中に入っていった。

細雨は降り止んでいた。壁面に囲まれた建物の内部は、視線の止まる隅々に濃淡の違う闇を溜めこんで、鎮まっていた。順造は背の闇の気配を振り払った。無天蓋の上空を見あげた。闇に映る幽かな光芒は、明らかに自分の心中に居座っている父の、遠い記憶に光源をもつもののように思われた。順造の眼を借りて父が、何かをまさぐっている感覚が充ちてきた。

「リュカンタンレンドウホウソウアイ」

口をついて出た空念仏。唱えたのは父であった。はじめ低声で、次第に声高にリズミカルに、気合いをこめて唱えはじめた。傍らの少年が間を置かずに『リュカンタンレンドウホウソウアイ』と唱え返し、父の勢いを我がものにして和した。薄闇に浮かぶ二つの影は、まるで一身が裂けてぶれて立っているように見えた。

「あっ」唐突に声を発した少年が、建物のもう一つの開口部の闇に向かって歩き出した。開口部を出ると再び、一面茫々の薄原だった。眼前の暗がりから、二つ三つ、四つ五つと青い微光の蛍が現れ、縦横無尽に浮遊し始めた。

「綺麗」少年は声を上げ、捕まえようと両手を泳がせた。順造も少年の影を追うように誘き寄せられ、六つ七つと、蛍火に手を差し出した。

二人の泳がせた手の闇の向こうに、半壊の石門が建っていた。二人は門を潜った。蛍火は青い尾を引き漂いつつ、二人の手の闇の先にもう一つの石門を出現させたのである。二人が足許を絡まれて立ったのは、仄白く広がる墓庭であった。蛍火は墓庭の中空で炸裂し、小さな発光体となって、手の闇の向こうに消えていった。

憑かれたように立ち尽くす二人の眼前に、突如三基の大墓が現れた。真中の一基は宮殿を形どった石屋根をそびえさせていたが、左右の二基の石屋根は破壊され、崩れた周囲の石垣もろとも、闇溜まりになって窪んでいた。真中の墓前の闇に消えていった、蛍火の行方を見定めるように、少年が歩みをすすめた。少年は闇に浮かんだ墓の威容に、驚愕の眼を向けつづけた。

「こんな巨きな墓、誰のセカンドハウス」少年がきいた。

順造は肩をしゃくって、父になった。

「沖縄の王様の墓だよ」

「へぇ、沖縄に王様がいたの」

「それがいたんだよ。1979年に『処分』され、東京に連行された」

「何か悪いことしたの」

「何も悪いことはしなかった。戦争だよ。1945年に米軍の艦砲射撃に遭い、ここもこんな無惨な姿に変わった。」

　順造は少年に、父に成り代わって、戦争の講釈をする気にはなれなかった。戦争は個人の心の暗闇の中に発芽し、成長していくものだと思い定めていたからである。戦争をするしないは、その都度各人が、心の闇の中で反芻するしかない課題だったからである。

　順造は、墓の入口を凝視している少年の背後にたった。壊れた石扉の奥の暗がりに、黄濁した球形の発光体が浮き上がっているのを認めた。巨大なトンボの眼球状のスクリーンのようだった。

「あっ、お祖父さんが映っている」

　少年が声をあげた。順造は目を皿にしてトンボの眼球をみつめた。憑かれたように見入る二人の耳に、遠雷のような砲撃の音がきこえてきた。

　映し出されたのは、昭和一五年一月二七日午後二時、本部町渡久地の拝所の樹陰に集結した、九名の青年達の様だった。順造は肩をしゃくった。

その若者の中に、三十代の角刈りの凛々しい顔立ちの父がまじっていたのだ。無音の字幕スーパーが流れるのに同調するかのように、何処からともなく『愛馬行進曲』がきこえてきた。

「国を出てから幾月ぞ
共に死ぬ気でこの馬と
攻めて進んだ山や川
取った手綱に血が通う」

ひとりでに順造の中の父が、歌いだした。

すると、拝所に向かって整列した面々の中から、父が一歩前に出た。

「宮城遙拝。黙祷」

と号令をかけると、皆深々と頭を垂れて瞑目した。父は短い口上を述べた後、

「昨夜の申し合わせの通り、委員長にナカソネゼンメイ氏を推す。」

と締めくくった。面々の拍手を受けて、一番年嵩の温厚そうな人物が、拝所の高みに立って宣言の口火を切った。

「今日ここに我々は大政翼賛の完遂を目的に青年連盟を組織し、精気溌剌たる青年運動を展開せんとするものであり、規約に則り臣道実践の捨て石となって新体制の推進力となることを誓い左

の如く決議した。

常に大政翼賛に適うべく進退し臣道実践の誠を尽くし統一と強化と創造とを理念とし昭和維新大業の達成に戮（りく）力挺身す。」①
順造は膝を折り、闇の画像の前に崩れ落ち、蹲《うづくま》った。それを傍らで見ていた少年が『リュウカンタンレンドウホウソウアイ』と唱《とな》えるように空念仏で励ました。少年は蹲っている順造の背に回って耳元に呟くように訊いた。

「お祖父さん、シントウジッセンノマコトって、何」

順造はひれ伏したまま、第二尚氏王統の陵墓の面前で『臣道実践の誠』について、父に成り代わってその精神を解き明かし、その心情を吐露することを躊躇《ためら》った。

「黙れ！小僧。一々意味を訊くな」

順造は父の声で、少年を一喝している自分に気づいて、震撼となった。少年が驚き、不審の目を向け身構えるのが分かった。

「気を付け」

と父の声が勝手に命じた。少年は命じられるまま、直立不動の姿勢になった。

「構え腰」

順造が腰に手を当てると、少年も続いた。

「これから校庭を巡る。ついて来い」

少年は順造について小走りになった。順造が『大政翼賛』と発すると、少年が『臣道実践』と和した。順造が『流汗鍛錬』と発すると、少年が『同胞相愛』と和した。崩れた陵墓の薄暮の庭に二つの影が旋回した。やがて動く影は遠隔化し闇に浮かんだ物の怪然となり、墓庭中空《ちゅうくう》のトンボ目玉の中に吸い込まれていった。

「ああ、僕が写っている」

少年の声がして、順造は我にかえった。トンボ目玉の画面は、昭和一九年夏の那覇港埠頭、夜であった。停泊している一隻の疎開船に学童疎開の一団が、順次乗船しているところだった。少年が自分と見間違えたのは、同じ年格好の長兄の旅姿だった。新調の学生服に帽子、ズックに袈裟懸けのカバン。背中に孟宗竹の一片をくくりつけていた。修学旅行気分ではしゃいでいる少年のかたわらに次姉がいる。不安そうに母とおぼしき女性の手を握っている。天皇の赤子として育てた嫡男のお供につけられたのである。どこかに男尊女卑の時代風習と、おなり神信仰の庇護の名残があったに違いない。少年の背中にくくりつけられた一片の竹は、前日伯父が家の庭から切り出したものであった。遭難したときの浮き輪の代用のつもりだったらしい。

当時父は、沖縄師範女子部付属大道国民学校の教頭だった。父は本土決戦の盾となるべき沖縄の末路を予感し、学童疎開を唱導した責任者としてやむなく長兄と次姉を送り出したのであった。

赤子だった順造を含むのこりの家族は母の郷里今帰仁に疎開させていた。

画面の父の横顔に魅入《みい》られた順造は、長兄の鉤鼻と同じ形を発見した。それは少年に受け継がれた鼻の形であった。順造は肩をしゃくった。埠頭に立つ父の心の闇の中に、ひとりでに吸い寄せられていく心地がした。いつの世にも時代の先端を行こうとする人たちがいる。時代が闇雲にその先端を開こうとするとき、先端を走るが故にかえって時代の何たるかを覚知できずに、率先垂範、時代の大儀に身を挺していくということがおこる。案外清明な意識を持つ知識人の中にこそ、このような凡庸な自己保存の本能が働いている気がする。父の心中は如何ばかりであったか。

後の時代は前の時代を、子は親を解剖する特権を与えられている気にもなるが、順造にとっては、先行者の心の闇におりたって自分の生きている時代を、そして時代の闇をどう解剖するかを自問することが肝要なことに思えた。個人史的には、父の心の底の闇にうごめいていた感情を、自分のものとして受け止めることから始めるしかないのだ。先行者の心の闇の最も矛盾を孕んだ部分は、誰かが生き継いでいかなければならないものに違いない。それを血縁のつながりの中で明解に果たすことは、口で言うほど易しいことではないはずだ。父の憂い顔の何処かに教師特有の大政翼賛の気概がこもっている気がした。

順造が父の鉤鼻を見つめているうちに、トンボ目玉の画面が変わった。映し出されたのは昭和一九年の同じ夏、一高女の校庭である。西岡校長が声高に訓辞を垂れている。

「戦争に負ければ山河はない。何処にいても同じだ。自分たちの島は自分たちで守れ」②
西岡校長に恭順を示す教師の中に、父とおぼしき男も混じっている。
別の画面が映し出された。師範女子部の職員室。一教師が直立不動の女学生を前に声を張り上げ机を叩いた。
「この戦争で、内地から兵隊さん達が、君らの島を守りに来ているのに、君は自分の島を捨てていくのか」③
女学生は九州へ疎開する家族と行動を共にしたい、と申し出ていたのであった。かたわらの別の教師が追い打ちをかけた。
「官費は両耳揃えて返せるか」③
とどめを刺すかのように、
「君は訓導の免許は貰えんぞ」③
と言い放った。父とおぼしき男も同じ性急さで同工異曲のことを言っているようにみえた。順造は肩をしゃくった。当時父は一高女一年に在籍していた長姉を、すでに山原の家族の元に疎開させていたから、口と裏腹にその心中は穏やかではなかったに違いない。
画面が変わった。昭和二十年三月二十三日午後十時。西岡校長住宅の庭園に集結したひめゆり学徒隊が映し出された。校長が縁側に立って出発前の訓辞を垂れている。居並んだ教師の中に父の姿があった。

「いよいよ米軍の上陸だ。平素の訓練を発揮し、御国にご奉公すべき時がきた。ひめゆり学徒の本領を発揮し、皇国のために働いて貰いたい」④
父は付属の教頭の身分で、西岡校長の采配下にあったが故に、その日ひめゆり学徒隊と共に行動し南風原陸軍病院までついて行っている。西岡校長はその夜自らは首里の軍司令部の参謀室に逃れ、数日後に九州への疎開児童視察の名目で沖縄を離れた。父は二十五日ひめゆり部隊と別れ、西岡校長に託された御真影と教育勅語を護持し、順造達家族の居る山原に向かった。

画面は、小脇に風呂敷包みを抱えた逃避行姿の父を、映し出していた。父の心の奥底には御真影を盾に、ひめゆり部隊と行動を共にしない自分への呵責があったに違いない。トンボ目玉の画面の光源が微弱になり、忽然と映像がかき消えた。辺りは再び闇の静寂に戻った。

順造と少年は、黒々とした陵墓の庭で我に返った。二人はしばし茫然自失の体で、闇から送られた遠い時間の記憶の中に、立ちつくしていた。やがて一身から別れた大小の影のようにゆらゆら揺れながら、二人は陵墓を出て首里の坂道を下り始めた。

順造が少年を連れて帰宅した。麻知さんが安堵した顔で迎えてくれた。狭い玄関で少年の濡れた髪や肩先を払いながら、

「まあ、何処行っていたの。外は雨だったかしら」

と訝った。

「お兄さんや妹さんから何度も電話がありましたのよ。ほんとに何処行っていたの」

順造は聞き流しながら、肩先に今し方までの闇の映像を引きずっている、自分の心のありかを定めかねていた。少年を連れて陵墓を目指したのは順造の意志ではなかった。憑かれて歩き続けたら、その場所に行き着いたのだった。背の闇から自分の中に入り込んできた父の意志に、突き動かされて連れられて行った気もする。影のようについてきた少年も、どこか順造の背の闇から誕生した物の怪然としてあった。

順造はよそよそしく麻知さんに顔をそむけ、そのままシャワールームに入り服を脱いだ。椅子に腰かけ頭から水流を浴びて瞑目した。随分遠くまで時間の旅をしてきた感があった。亡き父によって誘き出されたのか、自分が父を墓から誘き出したのか、判然としない。

「叔父さんと何処いったの」

麻知さんの声が聞こえた。

「セカンドハウス。茫々と草が生えていた。草をかき分けて行ったら、造りかけの建物があった。建物を通って石門を二つ抜けたら三つ大きい墓が横に並んでいた」

「何でまた、叔父さんそんな処へ連れて行ったのかしら」

「叔父さんじゃなかったよ。僕らのセカンドハウスに眠っているはずのお祖父さんになっていたよ」

瞑目していた順造の耳に、水流の音の向こうからまだ少年の声が聞こえていた。順造はいつものように水流を口に当てていた。緩急つけて口内で水流をはじき返して遊んでいたら、舌がひとりでに回り出し、それが呟き声に変化し、次第に張りのある空念仏に怒潮し、辺りに伝搬していった。その時異変が起きた。

居間で麻知さんと話していた少年が、体の向きを変えた。いきなり構え腰になり、口元をキリリと結んだ。少年は呼び寄せられるようにしてシャワールームに向かった。麻知さんは唖然となって見ていた。シャワールームから『リュカンタンレン』と唱えると、少年が『ドウホウソウアイ』と和した。『リュカンタンレン』『ドウホウソウアイ』。ドアを隔てた空念仏の掛け合いが頂点に達した。その瞬間ドアの内側で雄叫びがあがった。室内が震撼となった。心の奥底に沈殿していた残滓を一気に吐き出すかのような叫びであった。

異変に気づいた麻知さんがシャワールームに飛んできた。ドアの前に固まって立っている少年を抱きかかえて、ドアのノブに手をかけた。

「どうしたの、順造さん」

返事がない。少年を押しのけて中に入った。空っぽの湯船の中でホースが暴れ、水流がはねている。眼前に裸の順造が四肢を弛緩させて後ろ向きに突っ立っていた。

麻知さんが暴れるホースを押えた。そして全身泡だらけの順造を洗い流した。順造は肩をしゃくり胴震いして、我に返った。

「一体、どうしたのよ、ほんとに」

順造はのり移っていた父が背の闇から消褪したように感じられたが、少年とみた墓の前の残像はまだありありと留《とど》まっていた。

「着替え、置いてありますからね」

麻知さんが少年を庇ってシャワールームを離れた。順造はふと残像の中の父の逃避行姿を思い起こした。父は家族の元に向かう山原路の何処で、護持した御真影を放擲したのだろうか。『大政翼賛』の堅い意志がほぐれ、一介の人間に戻った時、あの西岡の呪縛から解かれたであろうか。その時、御真影を盾にして、家族同様の弱き者たちを犠牲にしたことへの自家撞着を、どの様に耐えたか。それを追求する順造の尋問口調への抗いが、あの雄叫びになった気もする。順造に侵襲し、順造の体を借りた理由も、そんなところにあるかもしれない。人は己を暴く者を遠ざけたい心境の裏に、己を暴く者こそを身近に置いておこうとする、心の二律背反を生きるものだから。

三人は食卓を囲んで黙々と箸を動かしていた。二人が無事戻ったことは、麻知さんが兄弟達に伝えたらしく、少年は一晩泊まっていくことになった。順造は八分目に腹を満たした後、好物のらっきょうのチャラを肴に島酒を飲んでいた。

「どうだ、ちょっと舐めてみるか」

「はい」

少年は手元の麦茶のカップを飲み干して、順造の前につきだした。

「大丈夫ですか、小学生ですよ」

麻知さんがたしなめた。

「氷を三欠片入れて、水をたっぷり注いで、こう、かき混ぜる」

「大丈大ですよ。僕のみませんよ、舐めるだけですから」

「はい、出来上がり」

「まあ、呆れた」

二人は水割りのカップで乾杯している。

麻知さんは、順造が少年を学童期の自分の似せ絵のように思いなして慈しんでいるのを、知っていた。二年前七夕の日に、このマンションに越してきたとき、少年がデイバッグに着替えを入れてひょっこり現れた。お父さんから聞いたのでどんなマンションか見に来たと言う。お手伝いもしたいし、と付け加えた。

箪笥や書棚や水屋など大物は運送屋さんが手際よく運び入れ配置してくれた。麻知さんのダンボール箱は衣類が多く、順造のは大方本類であった。所狭しと積み重ねられたのを、取りあえず居場所を確保する分だけひらいていった。

少年が何度も、一階のゴミ捨て場まで空き箱を捨てに下りた。オール電化マンションを売り物にした八階建ての四階部分だったので、眺望もまずまずの感があった。東に突き出たベランダの真下に給油所があり、その隣に、キリスト教センターの十字架が見えた。南側の窓から路向かいにスーパーサンエーの客の出入りが眺められた。遠くに琉大医学部の建物がのぞいている。

ガス臭のないピカピカのレンジでお湯が沸騰しているのを見つけた少年が、興奮した面持ちで麻知さんに告げた。

「火の気もないのに、こうしてちゃんと沸くんだから、いいこね」

麻知さんが洒落たことを言いつつレンジを止めた。少年は自分の気働きを褒められた気がして、麻知さんに親しみを感じた。実母にも継母にも慈しまれているのを感じていたが、麻知さんはそれをも包んでくれている気がした。

順造は書斎にあてがわれた一室に籠もり、ダンボールから解かれた本の山に埋もれて四苦八苦していた。書架のスペースが限られていたので本の選別に手間取り、折角書架に立てた本をダンボールに戻したりした。一緒に暮らし始める決心をしてから、早い時期に麻知さんの高齢の母親には会っておかなければと思いつつ先送りしていたのである。入籍せずに一緒に暮らすことに一抹の不安がないでもなかったが、取りあえずそれぞれが独り身になった自分を大事にしながら、自分の依って立つところを律する気概で暮らし始めたのだった。

「叔父さん、」

ノックの音がして少年が呼んでいる。

「コーヒー入ったわよ、一服して」

麻知さんの呼ぶ声が背後から届いた。

今行く、順造は書斎を出て二人のいる食卓についた。体を動かしたあとのアイスコーヒーは格別だった。少年が建物の印象を、

「外から見ると新品のマンションだけど、中から出る時は洞窟から出るみたい」

と言ってのけた。一フロアーが六戸の角部屋からなっていて、その中心にエレベーターが設置されていたので、各部屋からエレベーターまでの廊下は薄暗がりになっていたのを、そう言ったのだった。

「面白い」

順造は少年の比喩が気に入った。バツイチ同志ゆえ世間から少し離れて暮らしたい思いの二人の胸の内を察してくれている気にさせた。こんな引っ越しの夜だった。

麻知さんは島酒のコップを手に一心地ついた表情の順造を見て、安堵した。二人に何が起こったのかを知る由もなかったが、気心の通じた二人が何か同じものを見聞し、気もそぞろに戻ってきたことが察せられた。あの雄叫びがその延長上に在ることも知れた。

「叔父さん。首里の墓の前で、でーじか変だったよ」

「ああ、そうだったな。君もよくついて来たよ、あんな処まで」

「お祖父さんが叔父さんを呼んで、叔父さんが僕を呼んだからさ」

順造はこの少年は、ナイーブな感受性で受け止めている、と思った。背の闇が崩れて何処か遠い時間と繋がっていく、あの不思議な安堵感と鬱陶しさをものともせずに。

少年は今し方まで、憑かれるようにして順造について行って見聞きした陵墓のことを思い出していた。

「僕たちの先祖のセカンドハウスに行ってみようよ」

順造は数年前に一族郎党で修復した山原の墓のことを思った。少年に五、六歳の時の記憶が蘇ったのだ。

「明日久し振りに山原に行ってみるか」

順造は少年にとも、麻知さんにともなく一人呟いた。少年は快哉を叫んで席を立ち、当てがわれた書斎の寝床に消えた。順造は麻知さんが敷いてくれた寝床に横たわった。憑かれた心が漸次解き放たれていくのを感じた。その心の底で雄叫びの意味するものを考えた。あれは父のものであっただけでなく、順造自身のものであったことに気づいた。妻子に見限られたと言いつつ自分の小市民的な野心を満足させるために、妻子を置き去りにしてきた順造の自己矛盾を、闇の中から突き上げるものであったのだ。今となっては安易な弁解も慰撫も許される立場にはなかった。

台所で麻知さんが水を使っている音がしていた。きれい好きで油ものに使った食器をいつまでも洗い続けているようだった。

「もう寝たの、あの子。この家、洞窟だって、ホホホ。貴方と同じことを言ってる。貴方のは防空壕だったわね、ホホホ……」

麻知さんの独り言が遠ざかった。


翌朝、日の出と共に三人連れだって出発した。西原インターから、本島を縦貫している自動車道にはいった。北上するにつれて、曇天にあけもどろの朱を映した青空がしみ出してきて、晴れる兆しが見えた。石川口を過ぎた辺りから、道路沿いに自生した琉球松の針葉が、一斉に出揃っているのが目に止まった。うりずんの季節の到来が感じられた。

北進するにつれ山並みがその山容を整え、常緑の山肌に若葉が綾をなして芽吹いているのが眺められた。圧巻は宜野座口を過ぎ許田の終点に向かって、西へ大きく迂回しながら眺める明治山の雄姿である。板椎の原生林が扇状に深々と山肌を敷き詰めている様は、悠久の時間がつくった天然の象形の見事さを感じさせてくれる。中南部に移り住んだ山原の人々は、ここへ来て山原の懐に抱き取られる安堵感を得るようだった。

後部座席の二人は、窓外に流れる木々の切れ間の海景色を楽しみながら、身辺のことや学校のことを丁々発止と渡り合っていた。少年は順造に倣って、麻知さんのことを麻知さんと呼びかけている。

「麻知さん、沖縄の人」

「そうよ。どうして」

「違うみたい」

「どこが」

「顔とか歩き方とか」

「そんなのあるの」

「ある。上品だから」

「あら、嬉しいこと言ってくれるわね」

順造は少年の言いぐさに微苦笑して、運転席から話に加わった。

「腰の位置が高いんだよ、麻知さんは」

順造の評を少年は解せぬ様子だったが、麻知さんは「あら」といった顔で秋波を送った。そういえば、と順造はいつか同じ問答をしたことを思い出した。順造が母の死のことを書いて沖縄の文学賞を貰ったとき東京に住んでいた麻知さんは、県人会の周辺にいた順造の友人から掲載誌を貰って読んだらしい。帰郷した折、その余韻のなかで順造と三十年ぶりに再会したのだった。麻知さんとつき合い始めてからその友人に報告したら、友人は電話口で、

「いい人ですよ。首里でも通用しますよ」

と言って激励してくれた。首里でも通用するとは軽妙ないいまわしだったが、少年も同じことを感じているらしかった。腰の位置が高いと言ったのは、後から順造が高校時代の古いピクニックの写真に同じものを発見し付け加えた感想であった。

車は山原の連山の匂い立つ緑の中を、東から西へ横断した。しばらく名護湾沿いに車を走らせた。四月の海は手の届きそうな距離に心地よく波頭を立てて騒いでいた。順造は観光道路になった伊豆見線を避け、半島周回道路を進んだ。左手の海はリーフに波頭を返しながら彩りを変え、浅地から紺地に染まって何処までも広がってた。右手の岩山は、至る所樹木の衣をはぎ取られ、痛々しく岩肌を天空に晒していた。皮肉にも戦後の都市化の進展と岩山の破砕による山容の変化が同時進行している証だった。

「お父さんの生まれたムラに連れて行ってくれるんだよね」

少年が順造に聞いた。

「ああ。お父さんも生まれたし、そのまたお父さんも生まれたムラだよ」

順造は呟くように答えたが、せめて岩山の向こうにある出自のムラの山容が、まだ原型をとどめていることに安堵した。自分にとってのそのまたお父さん、つまりお祖父さんと呼ばれる人物は順造にとって伝聞の人でしかなかった。よほど由緒ある家の出でなければ三代先は闇の中に消えていくしかない庶民の出であった。少年が生まれたとき父はすでに他界していたし、順造が生まれたとき祖父もやはり他界していた。

話に依れば順造の祖父は、性穏和で緩慢な物言いをしていたという。手元に酒があればそれで終始ご満悦で、一合の酒で産婦の家に駆けつけ、夜引いて産湯の薪番をするというおおらかさだったらしい。酔うと夜中からでも田圃に牛を引いていって浴びせたというし、畑はどうするの、と祖母に叱られると空を見あげて、じき雨が降るからゆっくり行く、と頓着しなかったという。

順造は山原路を辿りながら、少年にこの曾祖父のことも話して聞かせたいと思った。その先のことは、少年自身が成長していく途上で、ムラの歴史の向こうに深々と横たわる闇への関心に任せて、つまびらかにしていくことだろう。少年の鉤鼻の鋳型がこの曾祖父の鼻に由来するという不思議。順造はバックミラーに映る少年の顔を見ながら、性格や心にも何処か鋳型のようなものが潜んでいる気にさせられた。

戦後も父は、その性急な性と上昇志向で歩み続けた。郷里に中学校を創立し海洋学校を開校した後、教育畠を離れ北部文教事務所から琉球政府入りした。社会教育主事として文化財保護法の草案を書き、浦添ようどれの復元に携わった。移民課長に抜擢されると、人口問題の論文を書き、南米移民を推し進め自ら現地視察に出向いていった。五十年代半ば順造が中学生の時、南米ブラジルの何処かの牧場で撮ったカウボーイ姿の馬上の父を見せられた記憶がある。一時期慌ただしく家の畳間が洋間に改修され、米軍払い下げの寝台が持ち込まれたことがあった。父の直情径行のなせる業であったか。

父は政府を辞した後、公選の中央教育委員を二期勤めた。その間本部高校の創立に尽力する傍ら、私的にも一族郎党を結集して当時社会的要請の強かった精神病院の開設に奔走した。弱冠三十七歳の長兄を旗頭に、順造もその駒として配された人材の一角に名を連ね、今日に至った。社会的評価はともかくとして、父は素早く時勢を読み解き、果敢に行動する直情の人であった。

目の前からその社会的標的や対象が掻き消えてしまった老境に至って、父は自分だけのために生きるという心の用意がなく、狼狽してしまった節があった。父はそのことに関して『昭参会誌』という記念誌に『師範時代の思い出』と題した一文を寄せている。その末尾で『今になって一層、その理想主義的な自分の性質が自覚され、過ぎ去った諸々のことがその自分の性質との相克だったような気がしている』⑤と述懐している。絶えず時流に沿って生きていこうとする進取の気性に富んだ人間の陥穽がここに在る気がした。順造は自分をかえりみて父と大同小異、深々とした闇の自覚からすれば同じ穴の狢《むじな》と認めざるを得なかった。

　順造は名護湾を過ぎた辺りから、雲行きが怪しくなったことに気づいた。西方海上の黒雲が、岩山を包む半島全域に集まり始め、岩山の真下に厚い塊となって垂れ込めた。リーフの波頭も立ち騒いでいる。遠くでゴロゴロ小さな春雷が鳴っているのが聞こえていた。いきなり疾風が車窓を叩いて岩山の粉塵を吹き付けたかと思ったら、大きな雷鳴が一発轟いた。それを合図に空が一面割れた。大粒の雨がフロントガラスを激しく叩いて、前方の視界を遮った。順造は道路脇に車を止めた。強弱をつけた大小の春雷が、意志のあるもののように鳴り響き、西方浄土の天空を雷光で引き裂いて戯れた。少年は物見高く車窓に目を当て、麻知さんは両耳を押さえてシートに沈み込んでいる。三人は午前八時過ぎの白い密室のなかで、しばし春雷のやむのを待っていた。人は自分の意図に沿うのであれば天然の事象を天恵と呼びたがる。順造は出自のムラの入り口での春雷の悪戯《いたずら》を天恵と呼びたい気がした。

　やがて雨は小降りになり車を始動した。前方の雲の切れ間に澄んだ青空が垣間見えていた。順造は車の速度を落としたまま、雨に洗われた海沿いの路を進んだ。車窓に無人の白浜が見え隠れした。幼年期に見た懐かしい海景色であった。

突然少年が物の怪にひっぱられたように車外に飛び出した。麻知さんが悲鳴を上げた。物思いに耽っていた順造だったが、異変に気づいて道路脇に車をとめた。前方を走っていく少年の後ろ姿を認めた。順造は車を降り少年が開け放ったドアを閉めながら、逃げていく少年の後ろ姿に或場所の予感を感じていた。

「どうしたの。何が起こったの」

麻知さんが訳ありげな順造に糺《ただ》したが、順造は取り合わず、黙ってハンドルを握ったまま、徐行で少年の後についていった。一キロほど走った処で少年は、海沿いの小さな集落に入っていった。順造も集落に入り、周回道路の内側、木立の中の空き地に車を止めた。

日曜日の朝の集落は閑散としていた。東方の小高い森を腰当《くさてぃ》にした、丘陵の一番高所に小学校が在り、南面する傾斜地に人家が広がっていた。六十年前、三十代の父が『流汗鍛錬同胞相愛』を唱えたあのムラであった。順造が祖父の墓を訪ねる前に立ち寄る積もりだった場所を、少年が嗅ぎ分けていたのだ。順造は少年が生まれる前に一度ここへ来たことがあった。一高女を中途した長姉は戦後名護高校を出て小学校の教員になったが、その退職記念に兄弟姉妹で山原を周遊した時に立ち寄ったのだった。当時長姉が十歳、長兄が六歳で順造はまだ生まれてなかった。長姉は昼休みに一歳の三姉を負ぶって、女教師だった母の乳を飲ませに職員室に行ったこと等を懐かしそうに話していた。

順造は麻知さんを促して少年が消えた道筋を辿った。小学校へ上る坂道の中腹の、見覚えのある家の角に少年が立っていた。二人が近づくと少年は、生け垣に囲まれた屋敷を指さして確信ありげに言った。

「ここ、でしょう」

目の前に白い二階建ての家が建っていた。通りから玄関までの通路に花壇が在り、広い庭に芝生が敷き詰められていた。小学校に上る坂道の側には古木が生い茂っている。

「そうだ、ここだ」

順造は真顔の少年に答えた。

「何。ここ誰の家なの」

麻知さんが神妙な顔を二人に向けた。順造は自分が生まれる前、昭和十五、六年頃一家がこの屋敷に住んでいたことを告げた。少年が昨夜の記憶に衝き動かされた様に、小声で『リュカンタンレン』と呟いた。順造がそうだと相槌を打ち『ドウホウソウアイ』と答えた。

ベランダに出て空模様を眺めていた中年の婦人が、玄関先に立っている三人に気づいて、何か、という顔で下りてきた。順造は少年を促して屋敷に入った。

「ここに昔住んでいた者ですが、通りがかったものですから」

理《ことわり》を言って順造は屋敷を眺めた。三十代の父の目になっている自分に気づいた。二十二年前に他界した父を呑み込んだ厚い闇の時間から、ほんのつかの間首を突き出している不思議な感じがした。

「いつ頃ですかね」

婦人がしげしげと珍客の顔をみつめ、記憶を手繰り寄せるかのように尋ねた。

「戦前のことですが……」

順造が言い澱んでいると、

「まあ、随分昔の話ですね」

と言いつつ、あっけらかんと奥に消えた。中で婆ちゃんと呼びかける声がして、間もなく老婆が玄関口に現れた。目鼻立ちの綺麗な白髪の人物だった。老婆は皺の刻まれた温顔を三人に向け、しばらく記憶をまさぐって居るようだった。順造は老婆の記憶の助けになるかと、当時夫婦で教員をしていた両親のことを告げた。老婆は記憶の先端の釣り針で獲物を釣り上げたように破顔した。

「あっ、芳雄先生の子供ね。あんたアキちゃんね、シロウちゃんね」

と訊いた。順造は少年がアキちゃんと呼ばれている長兄の息子であることを話した。

「そうね。あんた子供時分のアキちゃんにそっくりさぁ」

老婆は少年の顔を見つめ、手を取り肩を抱き頭を撫でた。

「あいえぇ、鼻の形なんかそっくりだね。お父さん元気ね」

老婆の記憶は短絡している様だったが、その分だけ生き生きと感じられた。中に招かれたが、麻知さんが丁重にお礼を言って、三人で辞した。道々少年は、魔法使いの様なお婆さんが自分のことを知っていたね、と嬉しそうに麻知さんに告げていた。

「リュカンタンレンの呪文が効いたのよ、きっと」

麻知さんが少年の気持ちを汲んであげていた。順造は人の一生は、因縁があって闇の間に間に顔を出す瞬時の光芒のようなものだ、という想いをあらたにした。


車は渡久地港にかかる本部大橋を渡った。青く霞む伊江島を西に見ながら、片側三車線の直進道路を行くと、間もなく父祖の地、浦崎に着いた。ムラは半島周回道路が国営『美ら海水旅館』に分岐する十字路を核に散在していた。道路が幅員を広げた分だけ沿線の畑地は削り取られ、画一の街路樹に調子を合わせたかのように、畑中に真新しいコンクリート住宅が点在していた。ムラのたたずまいを身体像に置き換えれば、その胸肉がえぐり取られた感のある変貌ぶりだった。

祖父の墓は先代の二基の古墓と並んで、十字路の北より、道路沿いの窪地に建っていた。その下方に涸れた河川の跡があり、対岸にも墓群の跡があった。その昔河川は小峰本部富士を水源とする水流を湛え、薪を運ぶ小舟を浮かべて海に注いでいたらしい。

三人で墓庭に降り立った。雷雲一過、洗われた蒼穹が戻り、朝日はすでに中天に達し三基の墓を白日に晒していた。数年前の修復の時墓域を保護するために、道路側に石垣を積ませた。身内の紅型染織家のデザインを模したもので、波形に積まれていた。三基の墓がほどよく納まって、小振りの霊園の情趣が整えられていた。

左手の一基が祖父の墓で、昭和四十八年長男伯父が亡くなった時に、父の肝いりで改装された屋根付きの新墓だった。古い先代の二基は戦後生活の余裕のない時代、長年放置されていたとみえ、亀の甲羅を模した頭頂部は土塊に埋もれ薄やギンネムが覆いつくしていた。雑木を薙《な》ぎ払ったあと、石大工に痕跡をなぞって忠実に復元させたら、見事な膨らみを持った甲羅が蘇った。新墓から眺めると二つの大きな乳房のように見えた。

右手の乳房の下には曾祖父から三、四代先の死者の骨が納められ、中央の乳房の下にはその先の代の死者の骨が納められている、と知らされていた。系図で語られる庶民のルーツの遡及には、語り継いできた人々の願望が託されている気がしないではない。順造は大きな二つの乳房の下に眠る死者達を呑み込んでいった厚い闇の時間を想い、現在いきていることの瞬時の輝きを想った。

この三基の墓もいつか朽ちて、元の土塊に戻るときが来るだろう。父が何者で在ったかという問いも、自分が何者で在るかという問いと同じく無明の闇の底に消えて行くに違いない。人は皆それぞれの血縁の死者達と背の闇に繋がれて時代を生き、現在を生きている気がする。本島中南部に移り住んだ人々が新墓を自分の身辺に買い求めて置こうとする執着心は、背の闇から遠い時間に繋がろうとする尊崇心と表裏一体のものかも知れない。

　麻知さんが墓庭の袖垣の隅から月桃の花を手折って、御香炉に立てかけてくれた。少年は興味津々で、三基の墓を場所を変え観察し眺めやり、満喫しているようだった。ふと見ると一基の乳房に端座して下界を見下ろすように順造達を見ていた。

「あらまあ、そんな所に上ると天罰が当たるわよ」

　麻知さんがたしなめている。順造は、いいじゃないか、キジムナー（妖精）が一匹出現したと思えばいいさ、と呟いて心中で笑った。あらためて振り仰ぐと、墓にまたがる少年の真後ろに本部富士がその山容を見せて沈黙していた。それは遠い父祖の地に流れた時間が、少年の肩先に留まっている一幅の絵のようであった。

「叔父さん」

　少年が墓の上から順造に呼びかけた。

「どうだ。いい眺めだろう」

　順造が自分を納得させるように言った。それに答えようとはせず少年が言った。

「叔父さん、昨日僕たちのセカンドハウスで線香を炙って、皆に配ったでしょう」

　順造が頷くと少年が続けた。

「あの時叔父さんが小声で言っていたのを聞いたよ」

「何か言っていたか、俺」

順造が惚けてみせた。

「ね、何言っていたの」

麻知さんが少年を促した。少年は遠くを眺める目つきになり、順造の口ぶりを真似て言った。

「この線香の煙にのせれば、誰の想いだって遠い所に運ばれていくんだよ」

誰に似たのかねこのキジムナー（妖精）は、順造は思わず兄嫁の口調で呟いた。順造は少年を山原周遊に連れ出したことに、不思議な因縁を感じ、中空を見あげてしばし瞑目した。

父は七十三歳の夏他界した。一族郎党に古稀を祝って貰い、長兄と一緒に自分の入る墓地を選定した後、なお鬱々と一年有余を生きた。息を引き取ったのは曼湖の眺望の美しい病院の一室であった。順造は所用で県外に出ていて父の最期に立ち会うことは出来なかった。最近長兄に聞いた話によれば、息を引き取る間際、気管切開したのど笛が微弱になっていく中で、傍らの長兄の膝の辺りに凋れ細った手をさし伸べ、とんとんと叩いたと言う。長兄は、「もういいよ」と言う合図だったと述懐した。それを聞いて順造は何故か、自分の探求癖が父に許された気がして、安堵した。

後日父の古い日記をめくったら、次の文章に行き当たった。

ブラジルとボリビアの国境
南米大陸の真っ只中　坦々たる平原
幾重もの流れの連なり
大河の畔
名も知らぬこの流れ
その先はアルゼンチンのラプラパに繋がるとか

ここから幾千里流れ流れて
あの港へ流れ着くのか
あの港のあの街に
アミーゴ友人がいる
流れに口があったなら
言付けてやりたい

飛行機は今まさに平原を飛んでいる

東も西も北も南も
無限に陸地が続いて果ても知らぬ
その行方は霞となって
茫々の闇の中に消えている

五十代半ば琉球政府の移民課長で南米視察に行った時の一節で、「一九五七年四月二十日『コルンバよりカンポグランデまでの機上にて』午前七時三十五分」と記されていた。

参考引用図書

①『琉球新報』『沖縄日報』（昭和十五年十二月五日）
②島袋俊子「疎開できない状況」（『戦争と平和のはざまで』ひめゆり同窓会相思樹会、一九九八年）
③福治秀子「官費、働いて返すと疎開」（同右）
④『ひめゆりの塔をめぐる人々の手記』（仲宗根政善、角川文庫、一九八二年）
⑤『昭参会誌　沖縄県師範学校卒業満五十年記念』（沖縄昭三会、一九七八年）

コトリ

第四〇回九州芸術祭文学賞佳作
二〇〇九年

　順造は今日も、闇を手でまさぐるように歩いていた。歩くことに心地よさを覚えるようになったのは、いつ頃からだったか。夜中小便に起こされて、暗い廊下づたいに半眼のまま、歩き出す習慣が身に付いたことによるものだったか。物覚えが落ちてきたことや、物忘れがひどくなってきたことと、関係があるようにも思えるし、どうも闇がこっそり、頭脳に滲《にじ》んで来たことに原因があるのかも知れない。知らず知らずのうちにそれが、黄昏時への親しみを増すことを促しているのかもしれない。こうして半眼で慣れ親しんだ界隈をさまよっていても、陽が傾きはじめると、どこか身のうちに、なにやら沸き立つ優しさのようなものが自覚され、その優しさが胸に充ちる安堵感をもたらし、刻一刻と闇に近づいていく快感があるのは救いであった。

　順造は、立ち止まって考えた。生きとし生けるものを存在せしめている闇の意図が、その個体のなかでほどけてしまえば、それぞれの個体は内部から解体し、本源の闇に還っていくだけのものか。人とて同じ存在者。そんなふうに考えると、人とはなんと寂しい生き物であることか。順造は長い溜息をついた。

　順造はまた歩き出した。人は誰しもいつかは死ぬと思っている。しかし死ぬと決まるまではその自覚も実感もないのが普通である。闇の意図で縫合されているものが、綻《ほころ》びて解体し闇に浸され、ついには闇に没することを、死と呼ぶならば、死とは何処か眠りに似て、安楽な気分で受け入れられる気にもなってくる。この世とは、今生きている人だけのものではなく後から来る人たちの為に、明け渡さなければならない舞台のようなものか。

　順造は、とある路地に立つと半眼を見開いた。通りの光景が何処か懐かしいものに感じられたからである。背中のデイバッグの重さが増した気がした。持参した杖で右膝を支え上体を起こし背筋を伸ばし、深く息を吸い込んだ。吸い込んだ息を吐ききると、朧げに見えていた通りの光景が、その輪郭を鮮明にした。順造は遠い記憶の中の光景を眼前にしている気分で、しばし佇《たたず》んでいた。今何時だろうか。夕暮れにはまだ間がありそうに思えたが、視界に人の動く気配がないのが不思議であった。順造は通りの両側に目をやった。白粉をおとした役者が、老醜を孕んで躯の芯で立っている体の木造の建物が並んでいた。建物の背後には歯が抜けたように空き地が散在している。この景色には見覚えがある。

　赤瓦の二階建ての一軒家は、窓も出入り口も封印されていたが、『どんぐりころころ』と書かれた黄の看板を空しく路地につき出し、まるで喪に服したまま世間に晒されて黙《もだ》しているように見えた。他の家並みも同様のたたずまいで静まりかえっていた。ふと路面を見遣ると、一面純白の路に変わっていた。順造は白内障の持病のせいかと瞬きをし、掌で瞼を撫でた。それから目を見開き、通りの向こうまでしっかりと見通した。路面は真っ白で、柔らかい光を降り注いでいるように見えた。先程から耳に届いているのは、熱帯低気圧を告げる風の音だけど、足許からのびた白い路の中空にその気配は何もなかった。

順造は歩き出した。肩に負っているデイバッグが軽く感じられたので、ステッキの先を地から浮かせて前進した。耳に届く風の音は、幽かな記憶の中で吹いているようにも思えたし、自分の耳の底で鳴っている耳鳴りのようにも思えた。いずれにしろ足許の磁場から解き放たれて、身体が小気味よく前方へ導かれていく感覚は、まるでいつか機上から眺めやった雲海の上を踏んでいく様に似ていた。機内の騒音に比して、窓外に広がる雲海の上には柔らかな静寂が流れていた。

白い路を程よく行った辺りに、柔らかい光を存分に湛えた日溜まりが見えた。路の左右の赤地に白抜きの居酒屋の看板『キャンディ』と『一輪』を過ぎると、間もなく日溜まりの中に立った。そこは十字路だった。青地に白抜きの一方通行の矢印が左手を指していた。その路の両側もやはり封印された家並みが続いていた。先の方はほの明かりを湛えて鎮まっていた。手前から『母ちゃん』『古都』『宝島』と看板が読めた。

順造は、ふいに懐かしいおでんの匂いを嗅いだ気がした。しばし佇んで記憶の糸を手繰り寄せる努力をしたが、糸の先に闇が滲んできて手に負えなくなった。前方にのびている白い路の向こうにも、封印された家並みが続いているだけで、記憶を呼び覚ます何物も見えては来なかった。順造は、どこから来て、今どこへ行こうとしているのか、判然としない自分に気づいていたが、おでんの匂いと共に遠い記憶から湧き上がってくる甘美な想いの中に居ることに、快哉《かいさい》を叫んでいた。

（そうだ。女に聞いてみよう……）

順造は、懐中から携帯電話を取り出して掌にのせた。二、三年来、日常動作が緩慢になってからというもの、女に訊くことが習い性になっていたから、当然の事のように指が動いた。でもこの頃はどうしたのか、着信音が変音しプツンと途絶えてしまうのだ。これまでも女の指示がない場合は、仕方なく意を決して細々としたことなど、たとえばマンションを出るときは鍵をかけるとか、スーパーに行ったときちり紙を買っておくとか、パンツや靴下を裏に返して二度はきをしないとか、自分だけで気をつけてやらなければならなかったのである。この頃の女の不在は頻繁で身に応えていた。おでんの匂いに欣然となっている場合ではない。携帯がつながらないとなれば、この場は自分で切り抜けなければなるまい。

手順としてまず、今自分が立っている場所の空間知覚を取り戻さねばと思い、順造は杖で上体を起こし、再び半眼を見開いて、前方の白い路の先に目をやった。そして、雲海の上をゆく心地で歩き出した。耳の底では、耳鳴りのような風の音が静かに沸き立って、身体を内側から押してくれているように思えた。風の音は歩行に浮力を与えていたが、見開いた目の芯には、漸次闇が滲んできたようで、視野に入る封印された家並みが朧になっていくのが分かった。

歩いていくと、右手の方角にこんもりとした小高い森が姿を現した。街中にどうしてこんな森が在るのか不思議な気がした。男は誘い込まれるように白い路を逸れて、森に入っていった。森の入り口の樹間に入ると、そこにはもう薄暮がおりて、木立の影が依り代となって、怪しげに枝葉を重ね合わせて鎮まっていた。順造は辺りに立ちこめた闇の優しさに身を包まれて、安堵している自分を認めた。目に芯を立てて目で物を見分ける労作は不要だったから、闇の気配に導かれるように、闇の濃淡に彩《いろど》られながら、森の奥に向かって歩いていった。安楽な気分だった。自分の内部に滲んできた闇の触手の尖端が、本源の闇に触れて震えているようにも感じられた。

（闇に還っていくのも、悪くはなさそうだ。）

順造は森の奥まった高みに、広場を認めた。そこには闇の濃淡を形象化するように、数本の溶樹の古木が立っていた。木々は地の力が樹幹に乗り移り、あたかも闇の木と呼ぶにふさわしい逸品となって形象化されていた。闇の木に吊り上げられるようにして、森の空間は一塊りの宇宙を成しているように思われた。順造は一本の闇の木の下のベンチに、人影を認めた。横向きのその姿はすぐに女だと判った。こんな所に居たのか、と男は不在の長さを託《かこ》ちたい気分になった。なぜか胸中に一気にこみ上げてくる懐かしさに、胸を塞がれながら、人影に近づいていった。

あ、と瞬きをする間もなかった。ほんの瞬時自分の感情にとらわれた間に、女の影は掻き消えてしまったのである。女の居ないベンチに腰を下ろしてみた。順造は耳の底で不在を知らせる着信音を聞いた気がした。闇の木が、何処かに女を隠してしまったのだと思うよりほかはなかった。闇の木の下で闇に抱かれる甘美な心地の片隅に、わずかばかりの寂寥感が漂っていた。

（この寂しさは、闇に触れているものの特権のようなものか…）

順造は、背のデイバッグをおろし枕にして、ベンチに横たわった。杖は用心棒として胸元に立てかけて置いた。男は闇についていろいろ想い巡らせた。この身も、この世も、大自然も、そしてあの世さえも闇の意図によって縫合されているもの。いつか、その時を得て、消滅していく有限の存在か。男は閉じた瞼の裏の渚に、闇が充ちていくのをやりすごしながら、渚の中空にほの明かりを認め、意を用いて内視した。闇を押しのけるように一幅の虹の円弧が浮き上がった。人の一生を生老病死と諦観を持って断言したのは、お釈迦様だったたか。しかし、闇は生を喰らい、老を喰らい、病を喰らい、死さえも喰らってしまう本源のもののような気がする。じたばたせずに、闇の解体力に身を委ねていさえすれば、このうち自分も本源の闇に還っていくだろう。順造は考える力が衰えてないことに、誇らしい気持ちになった。やがて闇は眠りを誘いつつ、順造の全身を覆い尽くした。思考の切れ間から声が聞こえてきた。「風立ちぬ、いざ生きめやも」と呼びかける、朗読口調の女の声音だった。順造は辺りに立ちこめた闇の木の霊気に力づけられて、「還りなんいざ」と応えて眠気を振り払った。

順造も年相応に、この沖縄に生まれた者として、死後の事を考えなかった訳ではなかった。この土地の人々が皆そうするように、次男三男の分家の慣習に従って、四男の自分の墓を創建する事をぼんやり考えつつ、古稀を迎えた。でもまだ本気で考える気にはなれずにいた。この島の人口が終戦後倍増し、平成の世を迎えた頃から百三十万人台に膨張したお陰で、中南部の海浜の岩場や原野、さらに丘陵地の傾斜面や窪地には、まるで雨後の竹の子のように死者の数だけの、売り墓団地が登場してきた。その一つ一つが、関わりのある血縁者達の為だけの、あの世への遙拝所と思いなされていたのだが、その地上景観があまりにも無造作に、天に向かって露わになっていることが、順造は気に入らなかった。どこか、鶏鳴の聞こえない新設の養鶏団地の雰囲気を醸し出している気がするのが、不愉快だったからだ。都市化の波に洗われて墓の位置も、建墓業者の売らんかなの資本のご都合主義に絡《から》め取られて、世俗の手あかにまみれてしまった感があった。祖霊を等身大の神々として擁する習俗が、現代ではかえって安価な聖域を乱造して、自己完結しているように思われた。墓の数だけ人々は、その賑わいと騒々しさの中に、人の一生の儚さを感得し、風化していく時間感覚を容易に手にし易くなったともいえる。

(墓は風化して行くことによって、大いなるものの元へ還っていく。とすれば、墓は無くてもいいかも知れない……)

順造は内心そう考えるようになった。ある日女に打ち明けると、あら私も似たようなことを考えていたのよ、と共感の素振りをみせていたが、別の日にこう言ったのである。

「東京などの大都市では、手頃な他人の墓を選んで、お参りする振りして、縁者の骨壺を入れるらしいわよ」

「ふーん。それって何処か泥棒に入るみたいだな」

「違うでしょ。捨て子するようなものでしょ」

「捨て子!」

「何処か門構えの立派な家の前に置いておくと、拾って貰って、ちゃんと育ててくれることを期待しているのよ」

「ふーん」

「それタッコツて言うらしいわよ」

「どう書くんだ」

「骨を托するって、托骨って書くの」

女は、食卓の上の広告のチラシを裏返して端正な字で書いてみせた。順造は沖縄の義賊運玉ギルーを思い出したが、口に出さずに胸中で嗤った。あいつは、貧乏人の家に果報をこっそり差し入れたんだったか。托したものが違うか。そういえば、と順造はいつか週刊誌で読んだ、記事のことを思い出した。たしか「今風の葬式」という特集だったか。シングルライフをおくっている女性達が集まって、結社のようなものをつくり、先に死んだ人を順送りに葬っていくというものだった。

「樹木葬ってあるらしいよ」と順造が水をむけた。女は、それってどんなことをするの、と興味を示した。

「メンバーの一人が、郊外か田舎に山林を持っているとするだろう。その山林の一角を提供して貰って、そこに銘々の骨をうめるらしい。墓標代わりに好きだった樹木も植えるらしいよ」

順造は女の顔を窺った。女は目を見開いて、その澄んだ目を向け、つと台所に立った。勢いよく水を流し食器を洗いながら、張りのある声で言った。

「面白いわね。私は何の木を植えようかしら」

順造も、面白いとは思っていたが、女に面と向かって言われてみると、親類縁者との繋がりを絶って、個々の人間がこの世の刹那の温情によって繋がっている、都市生活者の哀感が秘められている気がした。女の骨が土と化し、やがて自分が命じた樹木に吸い上げられて繁茂し、山の自然に還っていく。順造はそんな思いを巡らせながら、大いなるものに還っていく安堵感の裏に、どこか一抹の寂しさを覚えたのだった。何故そう思ったのか判然としなかったが、順造はとっさに女の口調に倣って言い放っていた。

「面白いね。だけど僕は石がいいな。石になりたい」

そんな類の会話を交わすようになって、三年経った。女と寄り添って暮らすようになったのは、仏教にいう家住期を過ぎた林住期に入ってからだった。かれこれ二十年が過ぎたことになる。家住期まではそれぞれの道を、世の習いに従って歩んできたのだったが、子供等が成人してから互いに出会い、出会いの深さに身も心も衝き動かされるようにして、一緒になった間柄だった。夫唱婦随のようでもあり、婦唱夫随のようでもあって心中に棘を含まずに、年を重ねてこれたのは幸いだった。親子の情、義理を欠かない程度の血縁者との厚誼は尽くしながらも、いつか大いなる闇に消えていく者同士の阿吽の呼吸、切磋琢磨の精神は堅持してきたつもりだった。七十三歳になっていたが、二人は一つの寝床に手を繋いで眠った。

二人とも躯を動かす事が好きだったから、余命と懐具合を勘案しながら、ゴルフに夢中になった時期があった。沖縄本島、宮古、八重山は踏破し、隣県の鹿児島まで足を延ばした。スコアにあくせくしない散策ゴルフになってから、ゴルフ場から見える海景や借景に、ある陶酔感を持って目を遣るようになっていた。板椎の白扇状の群生。黄冠をかぶった相思樹並木。鉄砲百合の清冽。琉球松を渡る風のそよぎ。薄の尾花とアカバナーの咲く野の道。あれもこれも、白球を追う視線のそこかしこに、自生する植物たちの無垢の美しさを露わにしていた。

　そんなある年の二月の末日。ヤンバルの八重岳の寒緋桜の見頃が過ぎたうららかな冬日の午後だった。瀬底島の石灰岩段丘を拓いたゴルフ場でプレーをした。ホールの随所に、海崖の亀裂からラグーンの海の青さが覗けた。その透明な表面の輝きは、光の屈折の中で彩られ、見る者の心を洗うかのように揺れた。『人生は幻化《げんけ》に似て、終に当《まさ》に空無に帰すべし』と喝破したさる小説家の認識が、どうやら人間事象だけでなく、眼前に展開している自然現象も同じように幻化のように思えた。

　今回のプレーにも、ある計画が秘められていた。それは、石碑を建てる場所探しだった。ヤンバルの何処かの海を見下ろす高台に、少しばかり土地を求めて、好きな木を植え、この世に生きた証に、石に言葉を刻んで建てる。そんな風流なことを考えながら、各地のゴルフ場を廻っていたが、その一環の散策ゴルフだった。今日もプレーをしながら、ホールの借景の何処かに、いい場所はないかと発見の目をやっていた。

　順造の心が動いたのは、北西に面した3、4番ホールだった。海岸段丘の凹凸のない広々とした平地だった。海を背にしてティーショットを放つと、久々に真芯を喰らって、気持ちよさそうに海に消えた。悪い気はしなかった。もう一打放った。力を抜いた軽めの一振りだったが、天高く滞留し弧を描いて海に消えた。傍らでそれを見ていた女が呟いた。

「何個でも、在ると思うなゴルフボール」

すかさず、順造が合いの手をいれた。

「空高く、飛んでけ飛んでけ、我が心」

三打目を放ってレディースに移動した。今度は女の番だった。構えて一振りすると、ボールは難なくフェアウエーの真ん中に落下した。女は二打目を打つために歩いていった。順造はカートを移動しながら、ボールの消えた海辺に眼を遣っていた。

北の海上に、塔頭で名高い伊江島の青い島影が浮かんでいた。その右手に本部半島の突端の備瀬崎が、島影を突き出して連なっていた。その連なりは、青い湾形の眺望を創っていた。円環する青いコスモスを思わせた。順造は誘われるものを感じて、カートを降りて海におちる岩場に立った。眼前の青いコスモスを眺め遣りながら、幼年期の記憶をまさぐった。すでに七十年の、時間の堆積が在ることが嘘のように感じられた。ふいに親しかった父方の従兄の言葉を想起した。

小学校に入学したら、『サイタサイタ、サクラガサイタ』と教えられた、と述懐していた。今から思えば『天壌無窮の皇運を扶翼する道』を歩まされたことがわかる。今でも、『コイコイ、シロコイ』『ススメ、ススメ、ヘイタイススメ』などと、掛け算九九のように口を衝いて出てくる。時代精神の痕跡は、今も鮮やかである。小五の時暗唱した『姿なき入城』の一節は、少年の日の死の夢想をかきたてる名文で綴られていた。『機は、たちまちほのほを吐き、翼は、空中分解を始めぬ。汝、にっこりとして、天蓋を押し開き、仁王立ちとなって、僚機に別れを告げ、天皇陛下万歳を奉唱、若き血潮に、大空の積乱雲を彩りに』と今でも復唱出来る、といっていた。師範時代肺を病んで、時代精神に弾かれて、失意の中に戦中を生きなければならなかった従兄は、戦後小学校の教壇に立ったが、その心の深部には、落伍者の捨て身が絶えずあったのは確かであった。それは、安易に時代に流されまいと考える従兄の自負にも繋がっていた気がする。この円環の海を眺めていると、違う境遇でこの海を眺めていたであろう、血縁の者や同時代の者達への遠い思いが去来した。

「おーい」女の呼ぶ声がした。順造は想念の余塵を振り払うように、フェアウエーの中央まで歩いていった。深く息を吸い込んで出自のムラを包み込んだ青いコスモスに向かって二打目を叩いた。真芯を喰らった飛球は女の頭上を越えて、グリーンに向かって花道を転がっていった。先にグリーンに上がった女が、順造の来るのを待っていた。二人とも2パットで決めて、円環する青い島影を見やった。

「ここはどうかな」

「いい所ね」

「あの岩場はどう」と言いつつ順造が歩き出すと、女もついて来た。二人で岩場にたった。足許の褐色の奇岩の群れを、寄せては返す白波が叩いて、波の華を咲かせていた。順造は、ここなら思い通り、石碑が風化し奇岩と一体となって、自然に還っていくに違いないと思った。それを見透かすように女が呟いた。

「石碑はいいけど、私の木はどうするの」

「そうか、木か。木には厳しいかもしれないね」

「それに、寂しいわよ。一人では来れないわね」

女は、順造の気持ちに添いたい思いを押し戻すように言った。順造は自分本位の考えをたしなめられた気がしたが、素直にうけとめた。

その後も二人は、散策ゴルフをしながら、場所探しを続けた。順造は、どうせ先に逝くのは自分だからと、石に拘らずに、女の好みに合った適地を優先することを心に決めていた。女は、生活圏内の海の見える、小高い丘の上を選ぶ積もりらしかったが、順造は本部石灰岩の切石に、「還りなんいざ」と刻銘し、木の側に建てることを約束させた。


順造は歩いていた。背に負ったデイバッグがそれほど重いわけではなかったが、坂道の途中で杖を支えにして立ち止まっては、今上ってきた道を振り返った。

(ずいぶん遠くまで歩いてきた気がするが、どうしてめざす場所に辿りつかないのだろう……)

順造は不思議に思った。たしか北へ向かう路線バスに乗っていたはずだった。運転手に、どこで降りますかねと、二度尋ねられていた。順造は、ハイハイもうすぐです、と応えたのだが、本当にこのバスでよかったのかおぼつかなくなった。乗客は一人になっていたから、いやでも運転手の関心は順造の方に向いた。バスは左手に海を見ながら、右手の急峻な山に押されるように、一路北へ進行していた。今度は本当に降りるときに合図して下さいよ、と念を押されたが、順造にも降りるところが何処なのかわからなかったから、応えようがなかった。でも、そろそろ降りねばなるまいと決心して、そのきっかけを探すように山のすそ野に目をやっていた。切れ切れに芭蕉畑が目にとまった。一瞬、女の舞姿が浮かんだ。ここだ、ここで降りることにしよう、と順造は三度目のブザーを鳴らしたのだった。

バスを降りてしばらく歩いた。道の向こうに自《おの》ずから、探し求めている場所が、確かにある気がした。順造はデイバッグを背負いなおした。十一月の下旬でもここ沖縄では、まだ日中は二十三、四度の外気を保つ日が多かった。民家の生け垣のアカバナーやブーゲンビレアが辺りを染めて、見る者の心に陽気をもたらしていた。季節はずれということはなかった。ここではそれが季節だった。空の雲さえもたなびくことを忘れたかのように、時々夏の名残の入道雲の塊を中に包んで固まっていた。

通りに人影はなかった。どこか懐かしげに民家の佇まいが、順造を迎えてくれているようだった。歩いていくと、通りに面したそこかしこに、空き屋敷が散在していた。もう手入れのされなくなった庭木や雑草が、人の住んでいた痕跡を覆い尽くすように生い繁っていた。人手を離れた植物たちは、無償の日射しに抱かれて、本来の地の力のなすがままに、形を変えていた。順造は人の住む赤瓦屋根、パパイヤ、シイクヮーサーなどの果木や、ギキチャーやアカバナーの生け垣に懐かしさを覚えた。それにも増して順造は、人の住まぬ空き屋敷の植物たちの、密やかな向日性が懐かしかった。地の力を吸い込んで、地を蹴り付けるように葉を広げているように思えた。こんなにも植物たちは、人の手を離れると勇躍して毅然となるものかと得心したのである。

順造はゆらゆらと揺れるように歩いていた。ふと目にとめた、高い福木林の内側をみやった。一面芭蕉畑で、凛とした緑葉を陽光に突き出して、緑のコスモスをつくり、おいでなさい、とその中に誘っているように感じられた。順造は福木林の隙間から中に入り、朽ちた礎石に腰を下ろした。福木の枝葉は手の届かない高さまで伐たれ、風の通りをよくしていた。林立する芭蕉も枯れ葉が丹念に剥ぎとられ、褐色の土の表面に敷き詰められていた。順造はデイバッグを下ろし、一息入れて水筒の水を飲んだ。元気づくとゆらゆらと立ち上がって、そこらを歩き回った。枯れ葉を踏む音が、耳に心地よく響いた。足裏から地の気が体中に充ちてくる気がした。

「まーだだよ……」

どこからか呼びかける声がした。順造が、隠れんぼをしている場合でもあるまいにと嘆じつつ、心中で、もーいいかいと応ずると、その声は、もう一度まーだだよと応えた。声色で女だとわかった。声は福木の樹間の闇溜まりから、聞こえたように思えた。順造はそろりそろりと近づいていって、心中で呟いた言葉を一気に吐き出した。

「もーいいかい」

闇溜まりを蹴って、一羽の小鳥が羽ばたいて、順造の眼前をすり抜けていった。小鳥は芭蕉の緑葉の上空、透けるような日溜まりのなかで、一瞬旋回すると、壮年期の女の幻影を残してたち消えてしまった。順造が呼びかける声に、生きなさい、と励ます言霊を感じとった。でも、その言霊の呪縛に抗うように、「還りなんいざ」と言い放った。そして、礎石の側のデイバッグを背負って、再び歩き始めた。

（この世の眺め、あの世の眺め……）

順造は心中の自分の呟き声に導かれるように、常緑に映える田舎道を、青い腰当杜《くさてぃむぃ》に向かって歩いていった。暫く行くと、前方に見えていた杜が、掻き消えてしまったのに気づいた。立ち止まって朧になった杜の稜線に目をやっていると、本島南部の低い丘陵を思わせる風景が浮かび上がっていた。順造は、遠い記憶の中の自動車道に降り立った気がした。面妖な面持ちであった。心中深く、生きる意志の決壊を封印していたなにかが、プツンと音を立てて切れた感じがあった。この地平の眺めは、いつかどこかで満喫した景色と、同じだと思った。

順造は、景色が流れ始めているのに気づいた。いつの間にか、疾走する車の中でハンドルを握っていた。助手席に女がいて、ぼんやり、窓外に目をやっている。背中が持ち上がっているようなので振り返ると、デイバッグが当たっていた。順造は、どこかこの世のものでない感覚に見舞われて、心中慄然となったが、この世があの世にかぶさった気がして、このまま自動車道を疾走したい思いに駆られた。助手席の女は気がついたら、人の形の闇の塊になっていた。頭脳に闇の解体力が浸透してきて、目にする事象がことごとく、変貌して見えるようになっていたので、格別な驚きはなかった。

疾走する車は南に向かっていた。道の両側に見慣れたこの世の眺めが広がっていた。今の季節、大地の表面に薄化粧を施《ほどこ》すかのように、そこかしこに薄の白い尾花とサトウキビの銀鱗が地を覆い、天空を近くに呼び込んでいるように感じられた。左手に大学のキャンパス。右手にようどれと呼ばれる王陵と、それに連なる大小の墓群。左手にアメリカ病院の瀟洒な建物。右手に精神病院の尖塔と十字架。左手に運玉杜のゴルフ場の青芝。右手にごみ焼却炉の白い煙。自動車道が南風原南インター方向に分岐すると、なだらかな凹凸の丘陵に身をすり寄せるようにして建つ、新興住宅の群れ。この道路沿いの借景の中に、生きている人を住まわせる人家と、死んだ人を住まわせる墓とが混在している。やわらかい西日が当たって流れていくこの景色に、順造は奇妙な懐かしさを覚えた。

(今走っているこの道路が、即ち沖縄版三途の川というわけだ……)

と順造は思わず呟いていた。

「莫迦ね、たまゆらの虹の橋よ…」

助手席の女の影が、諭す口調で呟いたように思えた。順造はハンドルに掛けた左手で、助手席を払ったが、手は空を切っただけだった。

「光降る間の、この世の眺め、ね…」

また、影の声が呟いた。

「そう、光在る限りの、この世の眺め。やがて闇に消える、虹の橋……」

順造はとっさに、呟き返していた。

順造は、腰当杜《クサティムイ》に通じる坂道に立ちつくしていた。眼下の緑葉に彩られていた民家の影が、薄墨色に染まって静まっていた。順造はちらほらと入り始めた家の灯に、後ろ髪を引かれたが、膝元の杖を握りしめて、坂道を上り始めた。山道にかかる薄の尾花を愛でながら暫く行くと、グスクの登り口に着いた。階段状のコンクリート敷きの道が取り付けてあり、その先は、左手に灌木の茂る傾斜面が迫り、右手は山裾に落ちる細道が続いていた。順造は闇の気配に背を押されて、一歩一歩前進していった。心なしか足元にさわやかな地の霊気が絡みついた感じがした。先刻来耳に届いていた蜩《ひぐらし》や木菟《みみずく》の啼鳴が、遠く近く寂寥を誘い、古木の梢を渡る風の音が耳に優しかった。暫く闇に身体を馴染ませるように細道を辿っていくと、安山岩の丸い大小の自然石に護られた平坦部が現れた。その中央に色褪せた赤瓦屋根の平屋が建っていた。見覚えのある神アシャギだった。古木の根が絡まる露頭岩とそこらに無造作に転がった自然石との取り合わせの妙が、柱と梁だけで建っている神アシャギの異様を際だたせていた。

（ここが、その場所だろうか……）

順造は、握りしめた杖を石ころの隙間に突き立てて、平坦部に出た。正面から見る神アシャギは、凋れていく竜骨を思わせた。白々とした中空の闇明かりを遮《さえぎ》るように、周りの古木の枝葉が竜骨に覆い被さっていた。足元の闇明かりが急に衰え、地の闇から這い上がった霊気が木々に乗り移り、辺りは闇の木々の群生する異界に変貌していった。

順造は心中の思いの中に居る心地がした。頭に滲んできた闇の解体力が、視力の劣化をもたらしていることに気づいてはいたが、こうして現実に、こんな処で、地の闇の呪力に呼応して、視界を衰微させてしまうとは厄介なことだ、と嘆じた。順造は心中の想いの中でのように、瞬きをし、目をこらして辺りを見た。闇明かりの中に再び、くっきりと竜骨が浮かび上がった。順造は当然のことのように、闇の木の木陰を歩いて竜骨の中に入っていった。

中に板間があった。順造は框《かまち》に座ってデイバッグを肩から下ろした。喉の渇きを覚え、水筒を取り出し喇叭呑みした。腸に水が滲みていくのが判った。空腹なのか判然としなかった。いつ頃、何処で、何を食べたか思い出そうとしたが、無駄だった。女が生活の中から消えてしまった一時期、哀しかったり、寂しかったり、苛立ったりして、がつがつ喰らっていたことが在ったが、それを通りすぎてしまったら、食べる気力が失せていった。食べる意欲の減退と生きる意志の劣化とが随伴し、それが、闇への親和力を増していった気がした。こうして闇の中で板間に座っている自分の存在に順造は、得も言われぬ懐かしさを覚えた。自分の存在そのものが、今は心中にある幻影のようでもあり、懐かしさはそこから湧きだしてくるもののようにも感じられた。

順造は、デイバッグを枕に横たわった。闇に抱かれて眠る心地よさに包まれた。順造は考えた。ほんとはあの世とは、己の心中の想いの中に存在するもので、時々この世の眺めがあの世のものであるように見えるのは、心中のあの世の眺めをこの世に重ね合わせて見ているからではないかと。闇の優しさに身を委ねていると、今そのことがよくわかる。若い時分にも時々そんな体験をしたが、頭に滲んできた闇の浸透力を自覚するようになってから、その感が一層深まった気がした。耳を澄ますと、さわさわと風の渡る音が聞こえてきた。あれは笹竹の林が揺れているのだ。ばさっと、時々神の依代の棕櫚が、辺りの静寂を破って、闇の霊気を払っていた。闇の解体力が、今まさに、順造の心中で、この世とあの世を一元的にとらえているのだ、と思えた。己の中に今、この世とあの世が共にある。

「闇が暗いのは、あんたの方からの眺めよ」

女の声が、聞こえたような気がした。

「私の方からすれば、あんたの居る処は、たまゆらの虹の橋ってとこ、ね」

順造は己の心中の想いが、ことごとく女の声になって聞こえているようにも思えた。

「デイバッグ担いで、何処いくの……」

順造の心中が、女の声に化した。

地虫の鳴く声が、耳の奥に遠ざかっていく感じがしたところまでは、覚えていた。気がついたら、ムラの小さな駐在所の取調室に座っていた。

(なんでこんな処にいるのだろう……)

スチール製の机の上に、デイバッグから取り出された見慣れた品々が、並べられていた。衣類少々、水筒、老眼鏡、携帯電話、素焼きの壺、そして杖だった。対面している若い警察官が壺を指さして言った。

「これは何ですか」

順造は答えた。

「人の骨です」

警察官は、ひぇー、と素っ頓狂な声を発して外に飛び出した。その隙に順造は、机の上に晒されている品々を急いでデイバッグに納め、背中に負って派出所を後にした。

順造はとぼとぼと、暫く海に面した国道沿いに南へ向かっていたが、やがて闇にのまれて見えなくなった。

　順造は歩いていた。ほっつき歩いてどうなるものでもない、とはわかっていた。女の不在の寂寥と頭に滲んできた闇の解体力に抗うように、いつもの姿でマンションを出た。来る日も来る日も歩いていると、闇の解体力に逆らいいつつ闇への親しみが増していくのがわかった。躯を動かして、闇に包まれに行くために、家を出て行く感じがしていた。掌に椀は持っていなかったが、どこか乞食の僧が行脚《あんぎゃ》している境地に似ている気がしないでもなかった。順造は暮れなずむ那覇の街の灯を背に坂道を上っていった。

（喰われる身になってみれば……）

　順造は突然、あらぬ事を呟いた。已に腹を立てていた。今しがた那覇で開かれた「日本尊厳死協会」の講演会できいた「花の元にて春死なん」の西行さんの死からも、禅的に凋れて死んでいく人の峻厳と優雅な趣を、感得できたのではあるが、それも少数の人間に与えられた特権の行使のようにも思えた。生まれてから死ぬまで、他の生類を食べ尽くして生きる、人間の業《ごう》を思えば、尊厳死なんて、自業自得の果ての自己矛盾の最たるものではないか。鬱勃とした心中の怒りが、記憶を刺激し、いつか週刊誌で読んだ記事の断片を思い起こさせた。「最高賞とり本モウだ」「松坂牛二千万円で落札」「つるてるは三歳八ヶ月、体重六二九キロ」「犬猫殺戮列島ニッポン」「年間一万数千頭も殺処分している沖縄県動物愛護センター」。「命どぅ宝」といいながら、これでいいのだろうか。沖縄で年間消費される豚の数は、何十万頭にのぼるのだろうか。消費などと、生類《しょうるい》を石油やトイレットペーパー並みに扱う人間の傲《おご》り。

（喰らいつづけ、生きつづけようとする人間。喰われる身になってみれば……）

順造は、心中の憤怒をなだめるように、ひたすら坂道を登りつづけた。

あれから間もなく、女の選んだ木を探しあて、その木の根方を掘って、持ち歩いていた壺の骨片を埋めた。その側には順造が石工に誂えた山原石の碑が建っていた。女が先に闇に還っていったことは、順造にとって大きな誤算だった。一途で潔く、どこかこの世にれんれんとしない性格だったから、それに相応しい死に方だったのかも知れない。古稀を迎えた頃、かかりつけの医者に勧められペースメーカーを埋めた。自力心拍数は四〇回を割っていた。その日、順造がトイレに行こうと、添い寝で絡みついた躯からそっと離れると、女は温もりを残したまま、すでにことされていたのだった。

三七忌までは、縁のある人々の温情に預かって、独り身を律していたが、四七忌あたりから闇の解体力に身を任せるようになり、無聊を抱いて方々を、徘徊するようになっていった。

順造は、坂道の傾斜面に身をくぐめるだけの力さえも惜しむかのように、一歩一歩、歩いていた。

「何、とんがっているの、そんな顔して」

女の諭す声を心中で聴いた。

「自分のことは、自分で考えるさ」

心中の女の声を突っぱねた。

「側についてあげられなくて、ご免なさい」

「とんがり帽子の時計台」

「見ててあげるから」

「鐘が鳴りますキンコンカン」

「最期まで、気を確かに持ってね」

「メーメー子山羊も鳴いてます」

やがて、女の幻声との心中問答は、自他の区別を失って、独言と化した。

順造は、坂の頂の、林立するビル灯りのさす三叉路を左へ折れた。道は緩やかに下っていたので、歩行が随分楽になった気がした。にわかに、足元に闇が絡んできた気配を感じた。頭に闇が滲んできたのだ。視力が劣化し、前方の視界に入る光景が、朧になった。でも悪い心地はしなかった。講演会場での怒りは何だったのだろうかと、反芻しながら歩いた。人は夜毎眠りにつく。意識を失い、闇に抱かれて眠る。それは、毎夜この世からあの世へ旅をするようなものではないか。眠るように死にたいという万人の願望は、この夜毎の小さな往還の旅の、当然の帰結のような気がする。誰もが夜毎に死の学習をしているようなもの。尊厳死ではなく、自然死を人が望むのは、これまた当然至極のことのように思えてきた。順造はそんなことを考えながら、心中で嗤《わら》った。嗤うと元気が戻った気がして、歩幅がひろがった。闇に足を絡まれながら歩いている中に、思考する力に押し戻されて、空間知覚が戻ってきた。

（そうだ、あいつの処に行ってみよう……）

順造は足早に歩き出した。

順造は、闇に白々と浮かんだ大きな病院の玄関前に立っていた。闇の木が地の霊気を吸い込んで、人気のない出入り口を護っているように見えた。中に入った。蛍光灯の青い照明が、外からの闇の滲入を遮断し、待合いホールの物影をいたずらに鮮明に浮きあがらせていた。受付カウンターに向いて、横列している黄色い椅子の群れと長い廊下。男はそこに、四六時中生きようとする欲望に取り憑かれた人々の、群れる姿を想像した。椅子の上の人々の不在が、かえって、不在の人々の玉ゆらの命を思わせた。

（あいつはまだ、生きているだろうか……）

順造がおぼつかない記憶をたよりに歩き出すと、待合いの隅の黄色い椅子から、人影が立ち上がるのが見えた。順造は闇の滲んだ頭で、ああ、あいつが待っていてくれたんだとばかり、後を追っていった。あいつはどんどん歩いていって、エレベーターの昇降口に立っていた。順造が追いつくと、間もなくエレベーターが開いたので、相前後して乗り込んだ。あいつが、背中を向けたままでいるのを不思議に思ったが、声を掛けるのに気後れがして、背中合わせに立っていた。あいつは五階で降りて、その足で屋上庭園に出た。順造もついて行った。

ふたりは街の灯の見える欄干にもたれ、闇の滲んできたそれぞれの中空を見やっていた。視界を断ち切るかのように高架橋の上の軌道を、「ゆいレール」が走っていくのが見えた。ふたりは申し合わせたように欄干にあずけた身を起こすと、ゆっくりと対面した。それは、鏡に己の影を映すような、真っ正面からの対面だった。

「何だ、その顔は」

ふたりは同時に声を発していた。あいつは緑顔の長鼻の天狗と化し、順造は白顔の鷲鼻の天狗と化していた。ふたりはたちまち、闇の霊気を吸い込んで、物の怪然となった。まるで、屋上庭園に滲んできた闇の解体力をそそのかすように、その天狗面を面妖に変化させて、闇と戯れていた。

「何て顔だ」

「お前こそ、奇っ怪な顔して」

「俺もそんな顔か」

「当たり前じゃないか」

順造は、あいつにそう言われてみると、鏡の前に立って已に対面している気がした。心中のあいつが、裏返って出現してきて、目の前のあいつになっているのかもしれない。すると、あいつが見ている俺は、あいつの心中から裏返って出現してきた、俺ということになる。順造は闇の解体力に抗うように、瞬きをした。あいつはまだ欄干に寄りかかって街の灯を見やっていた。闇は優しく、あいつの背中を包もうとしていた。

「躯の具合は、どうだ」

「うん、もうにっちもさっちもいかなくなったが、気で持っている」

「痛みは」

「モルヒネ使っているから、まあな」

「そうか、それは何よりだ」

「ところで、墓を買う話はどうなった」

「海の見える、小高い霊園墓地の片隅に用意したよ」

「おまえも人並みに、墓を購《あがな》ったんだな」

順造は、緑顔の天狗と心中問答しているような気がした。そう言えば、こいつは何時かこんなことを言っていたな。

「いっそう空き墓に棲んで死期が来たら、表から蓋をして貰うというのはどうだろう。」

冗談とも本気ともつかないことを言って、あいつは皆を煙に巻いて泰然としていたな。順造は心中で呟いて、あいつの方に目をやった。そこにはもうあいつの影は失せていた。振り返ると、屋上庭園をゆらゆらと出て行くあいつの影を認めた。順造は、あいつの影が背中で腹話術を操って発している、詩の欠片を聞き取った。

「墓即是家　彼岸、此岸の中」

順造は身につまされた思いで、屋上庭園を後にした。あいつの影を追うように、五階の階段を一歩一歩下りていった。

（この世は、あの世か……）

順造は呟きながら一階に出た。来たときと反対側の出口に向かった。制服の守衛が、誰何《すいか》するでもなく座っていた。表示板を見上げると、モノレール駅連絡口とあった。闇明かりに浮かぶ白々とした鉄製の回廊を渡った。ゆいレールの乗車口に続くエスカレーターの前に出た。順造は肩に食い込んだデイバッグを背負いなおして、左手で赤い支持ベルトを掴んだ。上昇していくエスカレーターの前方に、あいつの影を認めた。思わず、ステップを二、三段駆け上がった。

「彼岸、此岸の中」

同じ腹話術の余韻を残して、あいつは掻き消えてしまった。順造は、エスカレーターの上昇感に身を委ねながら、ふとあいつの三年忌の追悼集会の案内状が届いていたことを思い出した。

七七忌が迫っていたが、相変わらず順造は歩いていた。歩きながら考えていた。一人身を律することのストレスは、徐々に積もっていたので、生きていることに多少疲労を感じ始めていた。しかし闇の滲入は、波のうねりのように、律動的な緩急を保っていたし、思考力の減退も自ずから緩やかであった。順造はこの律動がやむときこそ、我が身が地に伏す時だと信じていた。人間は考える葦だと喝破したパスカルの念頭にはきっと、ゆれている葦の律動が、考えることの比喩としてとらえられていたに違いない。順造はその時が来るまでは、闇の滲入に竿を刺して、波のように打ち返し、葦のように風に戦《そよ》いでいたいと切に思った。

森羅万象、生類の淵源としての闇。人は誰しも、有縁の闇から孵《す》てこの世に登場し、再び有縁《うえん》の闇に還っていく。孵るからこそ、死んでいくのだ。孵るものがいるからこそ、死んでいくものがいるのだ。

順造は、とある市街地の突端の夕暮れの海浜公園を歩いていた。頭髪も髭も伸び放題で、その風貌は夕暮れの闇に馴染んでいるように見えた。順造は、もう随分一人で歩きつづけてきたから、そろそろ闇の滲入に身を恬淡と、預けてしまおうかと考えたりした。この世とあの世の境目がどの様なものか、その眺め見たさの旺盛な好奇心にそそのかされて、方々を歩き回ってきた気がしていた。それは、己の内部に闇の解体力が浸透してきて、身辺のことや空間知覚が不可能になっていく過程と、同時進行していた。己がこの世にあることを覚知出来る間に、己の身の処し方を決めようと考えつづけていた。

男は今日も、落日に誘われてここまでやってきた。左の方に海に突き出した琉球石灰岩の岩盤の上に、神宮の朱の甍が見えた。その向こうを沿岸道路の白い架橋が走っている。眼下の人工ビーチにちらほらと人影が動いていた。橋の欄干の朱色と甍の朱色が、刻々と沈んでいく、真っ赤な太陽の夕映えを受けて、辺りに滲んできた闇の気配を押し戻していた。防波堤に佇んで海を眺めている人々や、浜で遊んでいる人々の顔や肩先に、淡く夕映えが射しこんでいた。順造には、眼前の光景が、どこか遠いところからもたらされた懐かしいもののように感じられた。この無性の懐かしさは、一体どこから来るのだろうか。順造は不思議な感慨にとらわれて、暮れなずむ海浜に立ちつくしていた。

順造は背後でよびかけられた気がして、振り返った。子を抱いた若い女が立っていた。女は順造と視線が合うと、ニッコリ会釈を返した。子が落日の大きさに歓喜して、腕の中で跳ねたのを制止しようとして発した声だとわかった。

「この子はもう、夕焼けを見せると、いつもこうなんだから」　そう呟いた女の腕の中で、もう一度子が大きく跳ねた。

順造は思わず、握りしめていた杖を放り投げて、跳ねる子を女の腕から抱き取っていた。順造には腕の子が、ずっしりと重く感じられた。順造はよろけた躯を整えて、あらためて女を見た。懐かしい面立ちだった。女は足元に転がった杖を拾い上げ、丁寧にハンカチでゴミを払って手渡そうとした。途端に、順造の腕の中で子が勢いよく跳ねたので、杖はもう一度地に転がった。順造は傾いた上体を起こし、堅太りの弾む子の躯を懸命に制していた。今まさに水平線に没しようとする真っ赤な落日に向き合って立っていた。どこの子か、誰の子かわからぬが、落日を見て小躍りする子を二の腕に抱いていると、限りなく安堵の心地が湧いてきた。陽が没するとき、闇から孵《す》る命がある。

(陽はまた昇る、だ……)

順造がそう呟いて、やおら歩き出したので、女も杖を抱えてついて行った。順造は両腕に抱えた子の躯の感触をしばらく愉しんでいた。順造の足取りは軽かった。子は子で、恐がりもせず、順造の髭面を弄《もてあそ》んで、離れがたく抱きついていた。それを横目に見ながら女も、順造の人相風体に募る不審をなだめつつ、後についていった。

「爺々のお家は、どこですかね」

女が、子に問いかけるふりして、順造を誰何した。

「闇から孵《す》た太陽の子、あなたの家は何処ですかね」

老人はぶつくさ呟くだけで、まともな返事をしてくれない。そのくせ、あっちこっちと、子の指し示す方角に歩いていく。女は子に従順に従っている老人の好々爺ぶりに、次第に警戒心を解いていった。

「よろしければ、家で一休みしていきませんか。すぐそこですから」

順造は誘われるままに、夕映えの街路樹を通り抜けて、朽ちた格子戸のかかった一軒の家の玄関口に立った。遠い日に、同じ落日を眺めて戻って来た気がした。あの時も子が腕の中で弾けて飛び跳ねた。地に下ろすと、意余って、足がついていけず、転びつまろびつ逃げる子を、雛鳥を制するように追いかけたんだったか。順造は遠い記憶の中の雛を解き放つように、腕の中の子を玄関口に下ろした。

女は順造を中に招き入れ、肩のデイバッグを受けとって、部屋の隅にかたづけた。順造は勧められるままに座卓についた。

「今、夕ご飯の支度をしますから、幸ちゃんは、お爺ちゃんと遊んであげてね」

女はそう言って台所に立った。室内は調度品などないがらんどうの空間だった。天井に吊り下げられた笠の中の、裸電球の薄明かりが辺りを照らし、闇の滲入をわずかに防いでいるだけだった。子は何処からか一冊の絵本を持ち出してきて、半跏趺坐《はんかふざ》の順造の膝に納まり、爺爺と喃語を発した。読めと言うことらしかった。順造は所望されるままに、絵本を開いた。今し方見てきたばかりの落日と、そっくりの挿絵が描かれていた。順造は不思議な心地がした。懐中から老眼鏡を取り出し、文章を読み始めた。すると、子もその後を追って復唱するのだった。

「太陽は一日に一箇生まれ、一日に一箇死んでいく」。子が復唱した。

「この島では、赤子が一個、生まれると、老人が一個、死んでいく」。子が復唱した。

「赤子は、闇から孵《すで》る闇の贈り物。老人は、闇に還っていくこの世の戦士」

膝の上の子が跳ねて、復唱を中断した。次のページをめくれと言う合図のようだった。順造は急かされてページをめくった。絵柄は、水平線から昇り始めた真紅の太陽だった。

「いいところに、隠れたわね」

女の声が聞こえた。順造はがらんどうの室内を見回した。いつものように、心中の想いが女の声に化したようにも感じられた。子が順造の膝を蹴って、女の居る闇溜まりに駈けていくのが見えた。

「神出鬼没とは、このことよ」

順造は女の幻声をはね返した。老眼鏡をはずして懐中にしまい、半跏趺坐のまま瞑目した。辺りは闇に包まれた。耳を澄ますと、台所の方で、俎板や水を使う音が聞こえていた。女が不在になってから、不意にマンションで聞いたあの音と同じだった。順造は、見ず知らずの女の夕餉を待ちながら、闇の解体力に身を任せて、このまま永久の眠りにつきたいと思った。

順造は半跏趺坐を解いて仰向けになった。水の音が途絶えたようだった。

「もうそろそろ、いいわよ」

夕餉の支度が出来たことを知らせる女の声のようでもあり、永眠を誘う女の声のようでもあった。

順造は眠気を振り払い、鈍化してしまった思考力を振り絞って、目を開き天井を見あげた。中空に在ったはずの裸電球が掻き消えて、青天井に弦月が冴え冴えと懸かっているだけだった。


順造は、その丘に向かって歩いていた。丘の一隅にふたりの十五坪程の聖地が設《しつら》えられていた。三年前に土地を買い、人夫を雇って斜面を切り取って平坦にし、全面に芝生を敷いて玉砂利で周りを縁取った。真ん中に女が選んだ山桃の木を一本植えた。その傍らに石碑を建てた。園芸店から買い取った八年木だったので、一年目も、二年目も、初夏には瑞々しく光る鮮褐色の実をたくさんつけた。ふたりでピクニックに来て、競って枝からもぎとり口に放り込んだ。甘い香りと酸味が口内に広がる食感を味わった。でも、三年目の夏を待たずに、女は逝ってしまった。この実を何回もいだら、私にお迎えが来るかしら、と笑っていたのに。

順造は、その山桃の木の立つ丘を目指して、黙々と歩いていた。マンションで食を断って三日過ぎていた。腹のものはとっくに出尽くし、今やグーの音もでない有様であった。水分をたっぷり摂り塩を舐め、梅干しを種ごと齧って、生気の失せるのを防いでいた。徐々に食を減らしてきた挙げ句の断食だったので、食欲に苛《さいな》まれることはなかった。昼夜の別なく次第に、半醒半睡の安穏な眠りの中にある心地がした。頭に大分闇が滲入してきたらしい。記憶を束ねている闇の意図が衰微していくなかで、順造はなお、己を己たらしめているものへの肯定感、即ち生きんとする意志を堅持していたいと思いつづけた。凪に戦ぐ葦のままで、眠るように闇に呑まれていくことを夢見つつ、歩いていた。

順造は、登又の自動車道の高架橋の下を潜った。デイバッグに詰めた被りものと、小さな枕と水筒は、雲海を行くような身の軽さと、一体となっていた。右手の杖を支柱にして、左手に筵を抱え、ゆらゆらと歩いていた。大きな太陽が白濁の天空を薄紅色に染めて、西に傾き始めていた。丘の裾野まで迫りあがった甘蔗の穂花の絨毯が、その微光を受けて色合いを変化させた。男は、上っていく野の道で時々立ち止まり、弛んだ腹筋に気合いを込めて、深呼吸を繰り返した。風はやみ、丘はうららかな大気に包まれて、目前に迫っていた。

順造は、先刻来、体内に浮力のようなものを感じていた。それは凪の浅瀬に腰まで浸かって、ゆったりと歩く感覚に似ていた。

(時間は薩摩の湯、空間は闇の木)

順造は、あらぬ事を思い出した。女と連れだって行った最後の旅だった。城山観光ホテルの露天風呂に身を浸して、夜空を見あげていた。もうもうの湯煙の向こうに星辰《せいしん》が瞬いていた。湯殿の借景の一本の木が、闇を吸い込んで立っていた。湯の中の休止した時間。ここでこうして、同じように湯につかって、闇の木の彼方に去っていった、無縁の人々の人生が偲ばれた。人は皆、死んだらあの星になるということを信じたのだろうか。銘々の露天風呂から戻って来て、女に訊いた。

「死んだら、何があると思う」

「知らない。でも、お花畑かしら」

女はそう言って、夜空を振り仰いで笑った。

「それより、戻ったら宝くじ買おうね」

この女は、野の花の素性《すじょう》だと思って安堵した。野の花の素性の人と伴走してきた己も、つまりは野の花の素性だなと思った。闇の向こうに、先に逝って待っている有縁の人々がいること、それが信じられるのであれば、この世はあの世と合わせ鏡であることが、感得出来るに違いない。順造は、己の心中に深々と、そんな沖縄人の他界観が巣くっていることを、忌避しようとは思わなかった。闇に従容と還って行くことが、当然のことのように思えたのである。

順造は、その丘にたどり着いた。そして目指す山桃の木の下まで歩いた。木の周りを一面、薄の尾花が包んでいた。手作りの密《ひそ》やかな聖地は、野に開いた掌大の壷中天地だった。丘からの眺めは絶品だった。右手に知念半島、左手に勝連半島。両半島が弧形に中城湾を抱きかかえ、それぞれの先端に小島を一個ずつ浮かべていた。丘のある丘陵部は、湾をとり巻いて発達した急崖と空谷から形成されていたので、海景色は完膚無きまでの青いコスモスとなってたゆたっていた。直下の傾斜面には、目の届く限り、青芝のゴルフ場が広がっていた。朧になった記憶の隅に、女の影がよぎった。その日、海はうららかな冬日に暖められ、水平線を韜晦《とうかい》させ、もうもうと天と合していた。海が天に呑み込まれたようでもあり、天が海に呑み込まれたようでもあった。順造は心中に、明瞭な青い水平線をとらえている自分に、安堵していた。

（この世の眺めは、あの世の眺め、か）

順造は巧まずして選んだ、この日のこの丘の眺めを満喫した。手作りの秘地で身を解き、地に伏すように眠りにつくには、絶好の日和に思えてきた。

順造は、失せていく腕の力を振り絞って、薄の尾花をかき分け、山桃の木の下に立った。木の下に敷き詰められていた芝草が、周りの野草の跋扈《ばっこ》に負けぬように、地の力を吸い上げて陽に向かって伸びていた。順造は、背負っていたデイバッグを下ろし、抱えてきた筵を芝草の上に敷いた。頭の方の碑の台座に枕を置いて、仰向けになった。カサカサと戦ぐ葉づれの音に混じって。地虫の鳴き声が聞こえていた。掌大の空地から中天を見あげた。朧になっていく意識の向こうに、透ける白光の紗幕が下りているような気がした。順造は、枕元の水筒の水を少量口に含むと、眼を閉じた。

順造は、夢を見ていた。天空に白い山の峰がそそり立っていた。頂上付近から白いロープが、山桃の木の空地に向かって伸びてきて、順造の頭上に届いた。突如、黒いこうもり傘を屋根に葺いたゴンドラが現れた。その中に、デイバッグを担いだ男が後ろ向きに腰掛けていた。一陣の風が起こり、こうもり傘の屋根を持ち上げると、男を乗せたゴンドラは、するすると白いロープを伝って、天空に吸い寄せられていった。こうもり傘が見る見るうちに遠ざかって行く。順造は己の心中で、己の身を止金にして、天から地に吊り下げられていた命の振り子が、この世からあの世へ、コトリと一振り振れた気がして、深い眠りに落ちた。

Ⅱ部（初期短編）

そして戦後

未発表　一九八八年

一九四五年十一月。数か月の捕虜収容所生活から解放されると、宗吉は妹のユキを連れて伯父貴の家族と一緒に読谷《よみたん》に帰った。そして、一家の離れの物置小屋に落ちついた。伯父貴には五人の子供がいて生活は苦しかった。伯父貴は、はっきり自分の子らを優先する狭量な人だった。敗戦直後の混乱の時代を、ふたりが後ろ盾なしに生きていくことは困難だった。宗吉は子供心にもそのことを熟知していたので、あえて逆らわずにいた。下男のように身を粉にして働き、ユキとふたりの食い扶持は自分で稼《かせ》ぐ気概で、伯父貴の子供らと一線を画した。そのことが宗吉を内向的にし、自分を抑えることを学ばせた。中学卒業後その傾向が強くなった。ほとんど自立に近かったのである。

卒業してついた基地内のハウスボーイの仕事は、宗吉に向いていたし賃金もよかった。生真面目な無口な男には、仕事がよく回されてきた。

十八歳になった時宗吉は、伯父貴の家を出た。伯父貴はしきりに二〇歳になるまでは待ちなさいと言った、死んだ父に申し訳ないとも言った。しかし、事実はそうではなかった。下男のように働き、もらってきた給料は封を切らずに渡す宗吉の、値打ちのある労働力を手放すのが嫌だったのだ。ユキが中学を出るまではと思って忍耐していたが、もうその必要はなくなった。ユキはこの春中学を終えてさっそく、コザの繁華街の食堂に住み込みの店員として雇われ、家を離れたからである。

伯父貴はぬかりなく店主に、親代わりだから、手当ては自分のところに送るように命じ、ユキには嫁に行くまでの間ちゃんと銀行に積み立てておいてあげるから、と言い含めておいたようである。そんなわけで宗吉は、ユキが住み込んだ食堂の近くに間借りした。やっと手にした六畳一間。小さな台所のついた自分だけの住まいだった。

宗吉がその頃出入りしていた兵舎エリヤは、高台にある普天間飛行場の家族部隊から傾斜地を滑り降り、北前《きたまえ》から西方にのびる一帯を包み込んでいた。目を北に向けると米軍憲兵隊の建物が立ち並び、端慶覧《ずけらん》のモータープールへと続いていた。そのさらに北方に、極東最大とうたわれる嘉手納空軍基地の威容が遠望できた。

兵舎は二階建ての長方形のビルだった。当時基地内にしかこの種の建造物は見られなかった。住民は大方、トタン葺きの粗末なバラックに住んでいた。釘目のついた米杉の廃材を使った家は上等な方だった。

ひとつの兵舎を一人のキャプテンが統率し、二百人規模の兵士が配属されていた。ハウスボーイはいわば兵舎に出入りし、身の回りの世話をするハウスメイドの男性版だった。若い盛りの兵士らの相手は、女性では身が持たなかったとみえ、二十歳前後の青年が好まれた。宗吉の担当は十人だった。前任者が盗みを働いて首になったので、その後釜に収まったのである。

仕事は大概、午前八時から午後二時ごろまでに集中していた。しかし、出勤をチェックするわけではなかったので、時間はかなり自由に使うことができた。午前で切り上げることもできたし、午後七時過ぎまで居残ることもあった。兵士からの信用が第一で、実入りは信用いかんで増減した。寡黙でこまめに立ち働く宗吉だったので、ひとり又ひとりと数を増やしていった。汚れた私服のクリーニング、靴磨き、ベッドメーキング、居室の掃除が主だった。宗吉は日中、ほとんど基地の中で過ごすようになり、それが習い性となっていった。数年たつと、目眩がするほどだった兵士らの体臭や、汚れ物に染みついている異臭なども、それ程気にならなくなっていた。大学出の教師が、五十ドル台の月給をもらっている時、宗吉はそれを上回っていた。米軍がこの島を、極東東アジア地域の要石として、軍事包囲網を巡らし始めたころだった。

一九五四年夏。宗吉は今日も基地のフェンスの中から、外を見ていた。伊佐浜《いさばま》の方角に人だかりがしているのが見えた。そこは、五、六十個の農家が稲作をしている地帯で、海沿いに南北に走る軍用道路を挟んだ豊かな稲田が広がっていた。

歓声が上がっている。数日前から騒がしさがひどくなってきたように思えた。いよいよ伊佐浜が米軍に接収されると思うと、胸が痛んだ。基地で働いて食べてきた身にとって辛いものがあったが、非力な自分では致し方ないと甘受した。それにしてもと、自分の胸の内の思いを反芻した。米軍は強大で何でも出来る。自分には一坪の土地だってありはしない。空を見あげていると、心中こみ上げてくるものがあった。空は誰のものか。誰のものでもない。目の前に広がる海。あれを所有している者がいるか。いない。でも足元の地面は、海岸端から丘陵の裾野までことごとく誰かに所有されている。不思議な気がした。

一坪が十坪になり、隣人の屋敷になり、部落になり、村になり、町になり。街になっていく。川は山に源流をもち、流れ下って村を潤し、やがて街に注ぎ込む。川は誰のものか。川の流れに線は引けないのだ。地を分け、塀をめぐらせ、所有しなければ生きていけないのが、この世の習いか。常か。空のように、基地のフェンスを跨いでいくことは出来ないのか。宗吉は、足元に広がる芝の絨毯が、なだらかな起伏をなしてどこまでもひとつであることに思い至る。地面だってほんとは、フェンスの下を掻い潜り空のようにつながっているではないかと。

そんなある日宗吉は、伊佐浜の方から異様な喚声が上がるのを聞いた。それが次第に鮮烈な抗う声となって、地を這って聞こえてきた。

その日宗吉は、仕事仲間のマサーに、従妹の結婚式の余興に駆り出されているから頼むと言われて、余計に三人分引き受けさせられていたので、一日中働き詰めであった。兵舎の片隅で軍靴を磨きながら、にわかに明るさを増した外灯を見上げ、日が暮れかかっていることを知った。でも、まだ帰れそうになかった。

「何が、あぬ明《あ》かがいや」

かたわらで居残っていたセイコーが、急に声を上げ、

「伊佐浜、あらに」という。

「やっさあ」

とうとう強制接収の日が来たのだ、と宗吉は心中で呟き頷いた。

「A、B、Cんち、決《き》みらっとおんりろー」

セイコーが言う。

「あんり言せー、何《ぬう》やが」

「A、B、や、使《ちけえ》えむんにならん岩場とか、荒地とかんで言ち、代《でえ》や安《やっ》さんり」

「やんなあ」

宗吉は、時折振り下ろされる巨大な剣のような、サーチライトの光芒に目を凝らしながら聞い

ていた。

「打棄《うっちゃ》ん投《な》ぎとーて、儲《もう》きれー済《し》むるむんぬ」

「やんやー」

宗吉はセイコーにではなく、心中伯父貴に向かって呟いた。清明祭によばれていったとき、墓前で伯父貴がしたり顔して、やがて海端の捨て地が軍用地に取られるのでお金が入る、と言っていたことを思い出したからである。宗吉は、貰えるものなら黙って貰っておこうというこの島の人々の根性と処世術には組みしえないものを感じていた。日米安保の核の傘の下で、沖縄の島々の全域をほしいままに往来し、基地建設に邁進する米軍のブルドーザーのキャタピラの夾雑音が激しさを増すにつれ。似たような旨い話が聞こえてきた。宗吉はもうセイコーの言うことに耳を貸さず、軍靴を磨く自分の手を黙々と動かし続けた。

宗吉は三十歳になった時家を建てた。いつのころからかひとりで、見よう見まねで三線を弾き、島酒をたしなむようになっていた。

世界《しけ》や山川の《やまかわぬ》　丸木橋　心《ぐくる》
かにも《ん》　あやしさめ《み》　渡て《わたてぃ》みれ《り》ば

(この世は山川にかかる丸木橋のようなもので、こんなにも危なっかしいものだったのか。渡ってみて始めて知ることだ。）

街で遊び歩くこともせず、兵舎と家を往復する日がつづいた。気がついたら、かなりの小金がたまっていた。格別この金で何かしようという当てもなかったが、セイコーが、遊んでいる土地があるから使わんかと言ってきたので、乗っかったまでのことだった。はじめ他人に甘えたくないと思ったが、彼には彼の事情があるらしかったので、あえて詮索することなく現場に行ってみた。基地のフェンス沿いに西の海を臨む荒地だった。何となく寄り集まった風情のバラックが点在しているだけで、閑散としていた。誰が住みついても良さそうな野草の匂い立つ、地の安定感が気に入った。適当な値段で譲ってくれるという。どうせ軍用地にもならないし捨て地だから、気の済むようにしていいというので、坪一ドルで百二〇坪買った。一年後家を建ててから家と一緒に登記した。ユキもあれから二、三店を変わったけれど、まだ嫁がずにいたので一緒に住むことになった。ユキが台所に立つと、亡き母の姿に重なった。とうの昔に失われてしまったはずの家族の残像が、忽然と蘇ってきた心地がした。ユキは母より小柄だったが、やわらかい髪や白い項《うなじ》、腰の括れなどは母のものと同じだった。宗吉にはそんな自分たちの姿形、佇《たたず》まいが、記憶の隅でかすかに明滅する父と母のものに似ている気がした。

一九三五年、宗吉の両親は、本島北部山原《やんばる》の名護で出会った。父は中部読谷《よみたん》の出で博労《ばくろう》をしていた。軍馬の調達で同地に商いに出向いて居て、宿泊していた旅館で、女中奉公していた母を見初めたという。父はシマの草競馬に出て落馬し、ちんばの片足をひきずるようになってから家に籠もることが多くなり、宗吉が物心ついたころには昼間から酒を飲んでいた。徴兵は言うまでもなく郷土防衛隊にも徴用されない鬱屈した日々を強いられながらも、母の気働きに頭を垂れ、戦時体制下の逼迫した状況下で家族を打ち捨てておくことはしなかった。母も読谷紬の機織りの内職に精出し父を助けた。そして戦がやって来た。

一九四五年三月、一家は母の実家のある本島北部今帰仁《なきじん》村の天底《あめそこ》に身を寄せた。間もなく沖縄全域を巻き込んだ地上戦が始まり、米軍が運天港を占拠し、艦砲射撃が激しくなった。宗吉一家は、身を隠していた実家のお墓の防空壕を捨て、本部の伊豆見《いずみ》の山に逃れた。人々は皆連れだって、命からがら山中を移動していった。宗吉は四歳のユキの手を引き、父の後を追った。人々の群れる自然壕にも入ったが、母の背で泣き止まない弟だった。

住民に紛れて身を隠していた敗残兵が察知して近づいてきて、泣かすなと一喝。その声に嬲《なぶ》られて、一家はなくなく壕を出た。

呉我山《ごがやま》まで来ると、目当ての橋が燃えて噴煙が上がっていた。渡れない。喘ぎながら暫く行くと、もう一つの橋が見えた。人が渡っている。ここは渡れるんだと思う。宗吉はユキの手を取り、脚の裏に熱風をうけ火の粉を散らしながら、父母についていった。橋を渡り終えても尚、薄暗い山道が続いていた。

山中の夜半、小雨が降っていた。辺りが不意に明るくなる。敵情を探る米軍の照明弾の炸裂音がとどろき、そのたびに闇が明滅する。方向を見失った人々の群れが地を這いつくばり、闇の底をうごめく。宗吉一家が安全を求めて必死に逃れてきた道を、別の一家が交叉して辿って行った。

そんな深夜、宗吉一家は山路の脇道の窪地に炭焼き小屋を見つけた。半壊していたが雨をしのぐのに格好の場所に思えた。母はさっそく、泣き止まない弟の背負い紐を解いた。父がそこらの石を集め小屋の隅に竈《かまど》をこしらえた。そして、飯盒をすえて火をおこした。皆でかき集めた枯れ枝は湿っていたが、焙《あぶ》っている間に燃え出した。弟は泣きつかれたとみえ、母の膝《ひざ》の上で虚ろな目をしてか細い息をしていた。一家は火を囲んで暖をとった。周りの木々の葉擦れの音が聞こえ、暫しの静寂がおとずれた。飯盒の中のものがグツグツいい始めた。宗吉の空き腹に粥の匂いが突き刺さった。

これが一家の、死に別れの悲運の刻になった。突如辺りが、昼の明るさになったかと思ったら、轟音がとどろきわたり、団欒の一家の輪は一瞬に千切れ飛び、土塊《つちくれ》にまみれてそれぞれの身が宙に浮き、飯盒もろとも激しく地に叩きつけられ、皆気を失った。

宗吉が目覚めた時、辺りは闇に包まれていた。うつ伏せの体を起こそうと腰を捻ると全身に痛みが走った。先刻まで一家が背にしていた炭焼き小屋が掻き消えていた。起き上がり、辺りに目をやった。二、三メートル右手の木立の下に母が倒れていた。弟はその母の胸に抱かれたまま、圧殺されて動かなくなっていた。母も動かなかった。

父は足元の砕けた竈のそばで、ユキに覆いかぶさっていた。暫くすると、ユキだけが、幽鬼のように起き上がってこちらに歩いてきた。ふたりは茫然自失の体《てい》で立ち尽くす他、なす術《すべ》はなかった。

未明の空の向こうから木漏れ日が射しはじめたようだった。やがて、大人たちがやって来て、嗚咽の声をあげながら、辺りの屍《しかばね》を幾体も運んできて穴を掘り埋めていった。宗吉はユキの手を取りその様子を、逆光の中の影法師のようにみつづけていた。はじめに父が運ばれていった。次に母と弟が運ばれていった。幾度となくふたりで蹲《うずくま》り嗚咽をこらえた。涙が出尽くした頃、人の群れが動き出したので、茫然とついていった。いつしか海の見える岬の広場にたどり着いた。

それから幾日かたって、人々が広場を埋め尽くした頃、どこからともなく米軍のトラックがやってきて、大勢の人の列を次から次へ荷台に乗せて、どこかへ運んで行った。宗吉も順番がきたので、ユキの手を引いて運ばれていった。

そこは、太平洋に面した本島北部久志《くし》村の大浦湾に設営された捕虜収容所であった。そこでふたりは伯父貴一家に再会した。

宗吉が庭に芝生を敷き詰め、一角に花壇を作ったら、ユキが花を咲かせた。窓にはカラフルなカーテンが取り付けられ、風に揺れた。ユキと同居するようになったら、ユキの中学時代からの親友のタミコーが家に来るようになった。

タミコーは四、五年前に、コザのAサインバーで女給していた時出会った米兵のボイテーに見初められ、つき合っていた。ボイテーが肩に紋三つのバックサージュンに昇進した機会に、基地の外に家を借り一緒に暮らすようになった。二人は相性が良かったとみえ、あれよあれよの間に二人の子供を授かった。ユキが店の休みの日には、タミコーに頼まれて子育ての手伝いに行くようになっていたから、一家で行き来するようになり、宗吉も子供らと親しくなって可愛がっていた。

タミコーはPXの免税品をボイテーに頼んで買わせ、ユキのところにも回してくれた。ユキもはじめのうちは遠慮していたが、宗吉と同居するようになってから食料品類を安く分けて貰ったりするようになった。宗吉もいつしか休みの日にタミコーに頼まれると、大工道具を担いで便利屋をするようになった。戦後復興期の沖縄で縁者の薄いふたりにとって、タミコー一家との交流は安堵するひと時だった。

いつだったかある晩、娘のマリーの誕生日に呼ばれていったことがあった。宴たけなわの時、ボイテーがマリーを抱き寄せて、馴れない日本語で、「コノコタチハ、ワタシノ、ココロノ、エアベース。」と言っていたが、その日も早朝から嘉手納空軍基地の上空を戦闘機が飛び交っていたことを思い出し、この一家の幸せが基地に護られていることに、いわく言い難い戸惑いを覚えたのだった。

宗吉はタミコーに頼まれた時間に遅れないように、午後一時に家を出た。読谷《よみたん》からバスを乗り継いで、北中城《なかぐすく》村石平《いしんだ》の米軍司令部前で下車した。いつものように司令部の小高い丘には、大砲が一門西の海を見下ろしていて、夏空に高々と星条旗が翻っていた。

宗吉は大工道具を担いで、基地のフェンス沿いに東へ向かった。中城城跡に向かう県道沿いの西南の丘陵地に、米人向けハウジングエリアがあり、その頂上付近にタミコーの家があった。ハウスナンバー一七〇三だ。いつものように坂をのぼりつめると、地からわきあがってくる蝉の声が一段と大きくなり、耳をつんざいた。そして、ぐんと視界が開けた。

担いできた大工道具を玄関口に下した宗吉は、一息入れると、西方に目をやった。普天間川が小さな集落を迂回し、低地に沿って南に蛇行、小高い丘の裾に吸い込まれていた。丘は地を分けて西に普天間の家並み、東に野嵩の通信隊の蒲鉾《かまぼこ》兵舎をのせていた。太陽はすでに中天により傾いていて、西の家並みが陽光を浴びて白く浮かんで見え、その向こうの青い海が目に染みた。

宗吉は庭に回り声をかけた。洗濯場からタミコーがすぐに顔を出した。快活な笑い声が蝉の声を押し返した。仕事の段取りからという宗吉の申し出に、今日でなくてもいいからといって応じようとしない。とうとうコーラを持ってきてベランダに居座ってしまった。

タミコーは生まれ島に、はじめて娘のマリーを連れて行ったときの話をした。ＰＸで買い込んできた色々なアメリカ菓子を、集まった隣人らに分けてあげたという。皆喜んでいたというけど、帰る段になるとひとりふたりと裏座に回ってきて母に、「可愛い子だけど、やっぱり混血児《あいのこ》だね」と、マリーの印象を耳打ちして行ったという。その時の母の胸の内を明かすかのように、タミコーは自分の思いを告げた。

ふたりの良いところをもらって生まれたウチナー顔。金髪でチャーミングなマリーのどこが悪いの。人のことを山原人《やんばらー》といい、宮古《みゃーくー》、大島《おおしまー》、台湾人《たいわなー》、朝鮮人《ちょーせなー》と陰口をたたき、差別するウチナーンチュの根性大嫌い、とタミコーは批判し憤った。母の気苦労を思うといたたまれなかったけれど、自分の能天気な性格の一面を押し通して生きてきたお蔭で、今の自分があると告げた。

タミコーは同じことを、夫のボイテーにも話すのだろうか。話せないから、今ここで自分に懸命に聞いてもらっているんだろうか。自分にこれまでそんな胸の内のもやもやした心情を、打ち明ける相手があっただろうか。

省みると伯父貴の家で下男のように働き、言いたいことが言えないことがたびたび起こった。それを、全部飲みこんで生きてきた気がする。飲み込んで胸に収めてしまえば、万事丸く収まっがする。そのうち、内向することが性癖になっていた。それを自分らしさと思い込んで生きてきた気がする。そのお陰で、ほんとの自分は自分を守る自分の殻の中にある気がしていた。内向し自閉する自分の殻の中に安堵を得たのと同様、基地の中にも安らぎがあったのだ。

タミコーは凄いと思う。快活で陽気に振る舞いながら、自分の身辺のことは胸の内で塩梅《あんばい》して生きている。そんなタミコーを前にすると宗吉は、自分のこわばった自閉感情が緩む気がした。

宗吉は頃合いを見て、頼まれた水道栓のパッキンを取り換え、三時過ぎまでかかりバスルームの簀子《すのこ》を作った。さらに芝刈り機を押して、家の周りの伸びた芝生を刈りそろえた。頼まれ仕事が一段落したので、風に当たってひと息入れようと、北の岩場の崖端の高みに立った。東の海上に勝連半島の細い島影が突き出していた。半島の先端南側に米海軍の基地ホワイトビーチがあり、北にタミコーの生まれ島浜比嘉《はまひが》島がある。空に連山のように入道雲が浮かんでいた。知らぬ間にタミコーが側に来て立っていた。

タミコーは人が変わったように、しんみりと呟いた。

「来月、ボイテーの転勤でアメリカに行くことになったさあ」

宗吉はその口ぶりに尋常でないものを感じて、黙っていた。

「アメリカ本国にある海兵隊の基地と言うんだけど、どんなところか心配さあ」

「必《かん》じ行かんといかん訳か」

「軍の命令だから、我儘は通らんでしょう」

「やしが、遠《とう》さぬやあ」

半島に目を凝らしていたタミコーが、不意にあらぬことを呟いたのだ。

「お父は、島で死んだ、アメリカーに射り殺されたさあ」

宗吉は仄聞していたものの、タミコーの唐突な告白に、わが身を重ねて押し黙った。だけどタミコーは、戦後の窮乏生活を母と二人で生き抜く中で、米兵と結ばれ家族を作った。そんな母子の心の闇に想いをはせていると、タミコーが気を取り直して現実に戻った。

「せめてヤマトの何処かだったら、と思うさあ」

「であるなあ。あんせえ、此《く》ん如《ぐうとう》し、島見《ん》じゅしん、一時《いっとうち》るやるむんな」

宗吉は、山原《やんばる》で爆死した両親と弟のことを思い出し胸が痛んだ。今、老いた母親をひとり島に残して、旅立たねばならないタミコーの胸中を思いやった。


一九四一年夏。真珠湾攻撃で、日米の戦争が始まった年にタミコーは生まれた。父は杉板を張り合わせた小型船、サバニを操る漁師だった。軍国主義の風潮に馴染むことができずにムラの長老らに逆らって孤立し、夜半のサバニ漁で細々と生計を立てていた。母と一緒に父のサバニに乗って、環礁の外へ出ることもあった。荒れる海に身をさらしている間も、母の膝で屈んでいると怖くはなかった。

そんな日々、父は漁から戻ると、兼久の浜で蟹を追いかけて遊んでくれた。浜を守る幾つもの奇岩が景をなし、潮の干満と太陽の位置で姿を変えた。タミコーはそんな浅瀬に、父に命じられるまま仰向けに浮かんだ。息を胸いっぱいに吸い込むと浮上して、父の背中の手が離れてもひとりで浮かんでいられた。陰っていく太陽を見上げて漂っていると、魚になった心地だった。

又、白浜の背後の岩山にも登った。長い石段を上りつめると、大きな鍾乳洞が口をあけて待っていた。石段の上り口にコンクリートの鳥居が建っていた。ある日、父の意を酌んで一段二段三段と数えていったら、百八段あった。勝連《かつれん》半島の小島の洞窟までも、廃仏毀釈《はいぶつきしゃく》の神道国教化の一波が、深々と伝播していたのである。

洞窟の中には、琉球（琉球）開闢《かいびゃく》神話の男神シネリキヨが祀られていて、島の人々は新年、旅立ち、子宝に恵まれる祈願などをした。タミコーは両親に左右の手を握られて洞窟の中に入り、その薄暗がりの中で目を閉じると、得も言われぬ幸福感に包まれた。しかし、戦《いくさ》は身近に迫ってきていたのだ。

一九四五年三月下旬。小島にも激震が走った。「米海空軍が、千四百隻の艦艇で沖縄本島を包囲し、三千余の飛行機をもって、昼夜間断ない艦砲射撃、爆弾投下の猛攻撃を開始した」（勝連村誌一九六六年）のである。タミコーは四歳になっていた。人々は家を出て身の安全を求めて、岩陰の古墓や自然壕に身を隠し、袋の鼠同様、地を這いずり回って生きる算段をした。

十昼夜ほど経って半島が米軍の手に落ちると、銃装備した米兵の一団が、敗残兵を探して山狩りを始めた。タミコーの一家は無傷で生き残ったが、半島から八キロ離れた小島にも数人の米兵がやってきた。同時刻、父は壕を出た。そして、気がかりだった家の無事を見届けたその足で、サバニを保管してあった浜辺の小屋に立ち寄った。小屋は屋根が吹き飛ばされて半壊していた。

中に入ると、傾いたサバニの陰に日本兵が倒れていた。身体をゆすると呻いたので、家にとって返し、水缶に水を注ぎ駆け戻り、兵士を抱き起こして口に注いだ。兵士は間もなく意識を取り戻した。しかし、辺りを見回して父に対面した瞬間、不審の目を向け、とっさに側の銃剣をつかんで立ち上がった。そして、身構えた銃口を、父の胸元に突き付けたのである。

父が勇み立つ兵士をなだめている最中、父の背後を襲うようにけたたましい破壊音がして、米兵らが半壊の小屋に踏み込んできた。父が振り向いた瞬間、胸元の日本兵の銃口が至近距離の米兵に向けられた。それを押しとどめようとした父の背中を、対峙した米兵がとっさに狙撃したのである。父は心臓を、日本兵は眉間を射ぬかれ、折り重なってその場に倒れ伏したこと切れたという。

戦後の苦境を、シングルマザーとして生き抜いてきたタミコーの母の記憶の底には、あの父の死に際の惨事が、地獄絵となって揺れていたのだ。タミコーは心中その影を、色濃く引き連れていたのだ。

もう午後四時を過ぎていた。宗吉がガーデンの隅に置いてあった大工道具を片付け始めたら、タミコーがやってきて、やがて子供たちが学校から戻ってくるからと、名残惜しげに引き留めた。近いうち妹のユキと一緒に来るからと振り切って辞した。一抹の寂寥感を背に坂道を下って、バス通りに出た。

道は東のモクマモウ林の向こうに消えていた。西に行くと石平《いしんだ》の軍司令部前の大通りに出る。北には波打つ砂糖黍畑が連なり、その向こうにもうひとつの集落が見えた。バスは東からやってくる。三十分おきだというが当てにはならない。宗吉はしばらく立っていたが、肩の道具を左肩に持ち替えると、西に向かつて歩き出した。何気なく北の裏道に目をやった宗吉の目に、異様な光景が飛び込んできた。三人の若者が女の子を引きずっていく。一人が頭を抱え首を締め上げる格好で口を封じている。二人が両脇から腕を取り、胸と腰のあたりに組み付いている。両脚だけがバタバタ、宙を蹴り上げていた。金髪が一瞬陽光に輝き風に靡《なび》いた。農道から今まさに、砂糖黍畑の葉群れの中に消えようとしていた。

あれはマリー、マリーだ。宗吉は直観した途端、肩の荷を放り投げ、憑かれたように駆けだしていた。宗吉は当りをつけた場所で、地を蹴って畑に押し入った。そして、馬乗りになっている奴に体当たりした。やっぱり、マリーだった。宗吉はマリーの頭を抱えている奴に組み付き、横転しながら、マリーマリー、と連呼した。

三人の若者はマリーを放りなげると顔を伏せ、我武者羅に殴りかかってきた。宗吉は正面の奴の襟首を鷲掴みにし、満身の力で締め上げた。背中やわき腹はなぐるにまかせた。首を振りほどこうともがく奴。それをもぎ離そうと躍起になって殴りつける二人。砂糖黍が二本、三本となぎたおされていった。宗吉は背後から激しく首を締め上げられた。そして腰やわき腹を殴打されるたびに呻き声を発し踏ん張ったが、精根尽きて失神してしまった。

目覚めると、うつ伏せていた。踏みしだかれた砂糖黍の下葉の青臭い匂いがした。奴らもマリーも消え失せていた。仰向けになろうとして体を動かしたら、全身に鋭い痛みが走った。なぎ倒され傾いだ葉群れの隙間から、夕映えの空にくっきり聳え立つ入道雲が見えた。マリーは無事に家に帰っただろうか。辺りに散らばった書物やペンケース、手提げ鞄や白い帽子を目にした。マリーを案じつつも、宗吉はあらぬことを思い巡らしていた。

タミコーの娘でなかったら、本気で奴らに飛びかかっていっただろうか。分からない。島の女子供も幾度となくアメリカー達に、乱暴されてきたではないか。一方、父親を米兵に射り殺されたタミコーだったが、戦後を生き抜くために米兵相手の水商売につき、そこで夫のボイテーに出会って子をもうけ、一家をなしている。分からない。自分だって同じだ。米軍の艦砲射撃で一家を失い、妹とふたり生き残った。そして、基地の中で働いて食い扶持《ぶち》をえて、今があるではないか。基地という巨大な檻の中で、我が身を閉じて生きてきたではないか。分からない。宗吉は疲れを覚え、目を閉じた。

砂糖黍の葉群れを揺らして涼風が流れてきた。その向こうから、大小の足音が近づいてくるのが分かった。

「此処《ひぃやぁー》」と叫ぶ、マリーの声がした。

「哀《あい》えーなー」と慟哭《どうこく》し、側にしゃがみこんだのはタミコーだった。

「オー、ノー」

夫のボイテーが怒声を上げて近づき、腰をおろして膝をついた。そして、その大きな手で宗吉をやさしく抱き起した。

宗吉は目を開けた。妹のユキがマリーを抱きしめて側に立っていた。

夏雲の行方

『石敢當』二号（一九七一年）掲載

農場を囲んでいる白いコンクリート塀の上空が白みはじめていた。附近の民家の残飯をあさる雀のさえずりだけが、房舎の周辺を騒がしくしていた。赤く燃えていた昨日の落日の影が、神島の胸の奥に漁火のように映っていた。落日の赤さと闇に垂れこめていた空間の重たさが、自分の体内からのように鬱陶しくまとわりつき、現前する曙光を彩っていた。そこには、南島の明晰な闇をくぐってふくらんだ微風が流れている気配が感じられたが、風はコンクリート塀に沿って旋回しながら、決して少年院の寮舎の辺りに近づくことはなかった。

神島の背後で古山が起き上がった。そして、我に返ったかのように勢いよく窓を開け放った。夜間、ビニール容器から漏れて舎内の空気を変質させていた尿の臭気が、しだいに薄らいでいくのが感じられた。そろそろ起床を知らせるチャイムの一節が鳴りだす時刻だ。年長の古山が上半身裸になって、まっさきに洗面をはじめている。背中の入れ墨の飛龍が吼え、揺れ動く。臆病者の田里が、恥部から未練がましく手を離し、そそくさと起きると、いつものように古山の布団をかたづけはじめた。かたわらで、尿をためたビニール容器に頭をつけて寝ていた大男の八重島が、生あくびをかみ殺しながらゆっくり立ちあがり、私物箱を整理している神島に、みちたりた呆けた笑いを投げかけている。あの変哲もない、長い一日が明けようとしていた。

出寮。整列。そして、統制された動物たちのように掛け声かけながら、森へ向かっていびつに迫り出した広場へ行進していくいくつもの列。同じ掛け声を発し、合流し、やがて白一色の帯状になってうねりながら、炎天下の広場を旋回しはじめる。今日も太陽がまぶしい。舎外の低地にひろがる森の懐で休みたい。教官の目をぬすんで速度をおとし列の陰で楽を求める者、逃れようとする者あり。一…、二…、三…、間を置いた施設特有の掛け声がうづく。声のとだえる数秒間、サクサクサクと土を蹴る靴音が辺りに響いた。上空に青空。手をさしのべると、手に触れそうな近さに、小山のような入道雲が迫っている。

旋回する広場のあちこちに自生する野芝が、緑の紋をなして連なっている。ときおり、雲が陽光を背にすると、音もなくおだやかな翳りが中空から降りてきて野芝の緑に宿った。その時、旋回している少年の列の白い帯がほどけ、炎天下の憤怒をなだめるように歓声がもれた。

寮舎は固く、鉄格子に囲まれて自閉していた。その中に毛色のちがう少年たちが終日、額を合わせ、相手を窺い合いながら生きていた。彼らの関係は、心情を確かな弦の音で弾きあうことのない呪縛された者同士の、はかない結びつきだったかもしれない。プラスチック製の窓枠や食器口の平面や床や壁の隅には、幾夜もこの舎内に囲いこまれた少年たちの生々しい心の傷の痕跡が、刻みつけられていた。年長少年の情婦と思しき女の名が文字の傘の中に仲良く並んでいたり、母親への謝罪の片言の横に、ばか野郎、俺をいつまでこんなところに閉じこめておくつもりだとか印され、袋小路に追いやられ、燃え残り、くすぶりつづけている少年の声が聞こえてくるようであった。権威に対しては無表情にみえる少年たちのゆれている心象の証だった。

その年は、沖縄の島々に五カ月も干天がつづいた。小島の牛馬がしなび、骨と皮に姿を変えていくのを眺めながら、人々はジリジリと地表に照りつける太陽を仰ぎ見、怨念をかきたてる気力を喪失していた。作物も立ち枯れ、島々の水源地も涸れはじめた。少年院も三日に一度、八時間の給水制限がはじまった。くる日もくる日も、陽光は白熱し、八方へ降り注いでいた。

夜の寮舎は、星屑の光をうけて静まりかえり、戸外は凪いで大気を孕んで緊張していた。小石を放り投げると、カラカラと、夜の向こうから音が返ってくる気がした。神島は鉄格子を握りしめて、盛んだった夏雲の行方を追っていた。古山は天井に目をやりながら、島に残してきた養父母のことを思っていた。側では、折り曲げた脚を抱いた八重島が、窓辺によって、忙しく団扇《うちわ》を使っていた。

指でおすともろく崩れてしまう防虫網の穴をくぐり、便器や私物箱の暗がりにひそみ、夕闇がおりると少年たちの鮮血をねらって飛ぶ蚊も、すでに姿を消していた。触れるものの全てから水分がぬけ、もの自体の内部から弾みを失って、形も色も次第にゆるみはじめていた。よどんだ空気と少年たちが夜毎に吐く息で汚れてしまった舎内を、小さな疾風が吹きぬけていくだけで、乾いた粉塵が舞い落ちてきた。

房内に逼塞《ひっそく》する少年たちのある者の性器には、包皮の内側に自家製の異物が挿入されていた。それには肉を引き裂く笑劇が隠されていた。田里もそのひとりであった。少年の間でミサイルとかロケットとか呼ばれ、性交の威力を増大させる目的をもっていた。モノは歯ブラシの柄を切断したものを、夜間、壁や床に根気よくこすりつけ、大豆大の楕円形の異物にしあげるのである。自慰癖の激しかった田里は、万引き常習の累犯《るいはん》で少年院送致になり、考査寮から集団房に移された直後、そこで行われた同類の者の協働作業に引きいれられた。

常備薬箱から掠めとった脱脂綿と赤チンキ、日に六枚支給された板チリ紙などが、ベッドの隅の床の死角に積み重ねられた。幾夜もひそかに丹念に磨きぬかれ、歯磨き粉の空き缶の中にかくされていた異物がとりだされ、洗い桶に水がたたえられた。ある者は巡視路の辺りを窺い、ある者は舎監室に通じる廊下を注視していた。古参者が、剃刀の刃を包んでいる油紙を丁寧にはがすと、死角をなすベッドの陰に歩み寄った。観念しきった表情で中腰になって、黒ずんだ性器を両手で握って身構えている少年の両側には、ふたりの少年が片膝を立てて、震える少年の肩と腰を抑えていた。包茎のうすい粘膜に剃刀の刃があてられ、切れ目にロケットが挿入された。性器を握った少年の顔がゆがみ、短い押し殺した嗚咽がもれた。

その日は、埃混じりの乾いた風が吹き、口の中がザラザラして舌に絡まる不快な一日だった。神島は、農具小屋の廂に入って涼をとっている仲間の視線を横にみながら、面会室に通ずる路を歩きだしていた。神島は久しく、自由な対話を欲していた。身も心も乾ききったように思えるこの囲われた世界で、情緒の渇きをうるおす一筋の水脈にぶちあたりたかった。神島が篤志面接委員との面接を申し出た際、牧師を選んだのは、本島北部の海辺の寒村のキビ畑の中に建っていた教会堂の鐘の音を思いだし、幼年期の甘い感傷をよびさまされたからであった。

東シナ海の波の歯を砕き、キビの穂波をソウソウと渡る風が、教会堂の白い屋根をひくくかすめて去来する光景は、どこか荒涼としていた。暑い夏の日、教会堂を包む森でひとり蝉取りに興じ、夕暮れが押しせまってからにわかに人声が恋しくなり、急いで家路につく道々、白い屋根だけが影絵のように浮かんでいた。遊びほうけた少年がその薄汚れた手をかざすことを拒むかのように、夕闇に映えていた。今、追憶の中の教会堂の鐘の音は、神島の臓腑を突き刺す確かな響きで体の芯で反響していた。

父母が死んだのは、夏の盛りであった。神島は海を見おろす夕映えの丘に立っていた。足もとにススキの初穂がまだ昼の明るさを留めてゆれている。下方に自分の家の赤い瓦屋根が、その色を失わずに丘の麓に小さく見える。姉の言いつけで、仏壇に供えるススキを採りに来ていたのだが、この時刻にひとり草むらをよぎる風の中にいて、家を見おろしていると、父母の不在がいたく胸に応えた。

その日父は出掛けに玄関口で、太一運動靴だったな、と声をかけると、小脇にかかえた紙包みをポンと叩いて元気に出ていった。仕事の暇をみて、前日から支払いがはじまった今年の軍用地料をうけとったら、所望していた靴を買ってくれる約束だった。ふだん通り学校から帰宅したら、家には誰もいなかった。ガランとした居間の食卓の上に書置きがあった。父ちゃんが交通事故にあったので病院に行く。このお金でタクシー乗って、すぐおいで、姉。と書かれていた。神島は気が動転してとり乱していたが、お金を握りしめて家を飛び出した。

病院の検死室のベッドの上に、父の遺体が安置されていた。蛍光灯の青白い光をあびている父の体に、母と姉が折り重なってとりすがって泣いていた。神島は嗚咽を噛み殺して、その側に立ちつくした。今朝、目を合わせ、うなずきあって別れた父が、死んで眼前に横たわっていることが信じられなかった。事故は、軍事用大型トラックの脇見運転による追突だった。頭部や胸部を強打し瀕死の重傷で担ぎ込まれたという。脳内出血による即死状態だったらしい。後日、大破した車の助手席で見つかった遺留品として、箱入りの運動靴が届けられた。今朝約束した死出の形見が一層悲しかった。

葬儀が終わり、家の中が静かになると、台所に立つ母の後ろ姿から芯がなえはじめ、初七日を終えた頃には、床についていた。神島と姉にむかって、つとめて繕おうとする口元の笑みにも、母の寂しさだけが映っているようであった。日毎に父の幻影のみに依りかかろうとする母の心の傾斜が深まり、神島と姉の励ましの声のとどかないところへ追いやられていった。父の四十九日を済ませた直後、母に死が訪れた。ふたりは、死の床の母のそのうすくなった胸元におおいかぶさって泣き崩れ、呼び戻そうとしたが、母はまっすぐ父のもとへ落下していった。

家の支柱を二本失った緊張と心忙しい一年が過ぎていった。姉は生活を支えるために給料のいい軍の職場に移った。その細腕で家を護り弟の世話に明け暮れる日々に疲労をためこんでいた。そんな姉が、突然意を決したように、職場で知り合った軍属の青年を頼って、渡米することを打ち明けた。それは神島が中学校の卒業証書を丸めて、勇んで帰宅した日の晩であった。

太一、ご免なさい。と言いわけして姉が話しはじめた時、神島は、目の前の食卓の赤飯の色が心に沁み、別れを察して悲しいような嬉しいような気持ちになった。そして、脳裏では空港の華やかな送迎デッキにひとり立ち、姉を見送っている自分の孤独な姿を想像した。その通りになった。

姉の旅立ちのあと、姉との約束だった伯父夫婦が越してきて、生活を共にするようになった。街の高校に通った三年間、家路につくたびに、玄関も居間も台所も少しづつ変わっていくような違和感を覚えた。周辺の生垣の形もおなじだったが、何処か他人の家に厄介になっている当惑感があった。

神島は春三月、卒業式を待たずにボストンバックに荷を詰めて、家を出た。父と母を宜しくお願いします。僕のことは心配しないで下さい。友達と東京で何とかやっていくつもりです。姉が仕送ってくれた貯金を半分だけ頂いていきます。太一。そう書いた手紙を封書にして、勉強室の机の上に置いて、住み慣れた家を後にした。

大都会は、昼夜、至る所、人人人の洪水であった。新宿西口広場や、歌舞伎町には、時間を食いつぶすやわらかい目をもった若者が四六時中たむろしていた。会うたびごとに互いの心情に無関心になっていくように思えるこれらの人の群れが、高層ビルの谷あいの路地裏や、喫茶店の薄暗がりの中で、肩を組み、腕を廻して、言葉をなげあっていた。神島は、遠い南の島からやって来たことを、誰かに告げる必要もなかったし、毎夜勤めていた製麺工場の寮からぬけだして、街の路地裏で身体でリズムをとりながら、側の見知らぬ若者たちと身をよせあって、ひたすら、感覚の浮揚感に酔いしれているだけでよかった。

そんな日々に明け暮れた二年目のある夜、事件は起きた。神宮外苑の低い木立の薄暗がりに、陽がもれていた。犯した若者たちはすでに逃げ去り、警察官が駆け付けた時には、白いブラウスの胸元をかき寄せながら、泣いている女子高生と神島だけが、かばいあうようにして取り残されていた。

練馬少年鑑別所の四角い取調室で、神島と向かい合った婦人調査官のまなざしは、渡米した姉を思い出させた。連絡をうけて沖縄から引き取りに来た伯父は、使い慣れない共通語をあやつって、所員に丁寧に謝罪をして廻っていた。しかし、短期間の間に人が変わったように見える神島の心に、あえて立ち入ることを避けている風であった。神島は伯父に引きとられ、一緒に沖縄航路の客船に乗った。晴海ふ頭を離れていく船上で、赤い瓦家の自分の家を思い浮かべたが、もうそこは、自分が帰る家ではないことを胸に刻んでいた。

面会室のある建物は、低地にひろがる運動場を見おろす場所にあった。土手に生えている栴檀の木の下をくぐる時、木漏れ日のむこうに青空がのぞいていた。耳にうるさく迫る蝉の鳴き声も、額に滲む汗も、神島の心の芯にとどくことはなかった。神島は身の内側で、静かであった。面会室は、鉄格子の窓がコンクリート塀に隣接して口を開いているだけで、装飾の施されていない密室に近かった。園芸棚から急場しのぎに持ち込まれた鉢植えの観葉植物が、出入り口のドアの脇にポツンと置かれていた。鉢の底からは褐色の水が幾筋も床に流れ出していた。神島は面会室の中央で、竹製の古びた椅子に座って牧師と向き合った。

一方、市街地をぬけ、少年院にむかって坂道をおりてきた牧師は、面会室のある房を囲む濃緑の木々が目に入った時、辺りの空気がにわかに甘美なものに変化していくのが感じられて、心が和んだ。うち捨てられ、辱められ、自閉している少年たちとの対話こそが、実は意義探くて、豊かで、慈悲に満ち溢れた接触といえないこともない。何よりも、色あせた知識と鈍い感性とで連綿とつづく単調な日常に身をゆだねるよりも、考案し、接近し、予見し、そして自分の身に交叉させて、反応を読みとる臨床的な接触の試みにこそ、心情不安定な対象者を導く手応えと達成感があるのだ。牧師は道々、そんなことを思い巡らしていた。

しばらく相対していたふたりは、問わず語り、以心伝心の沈黙の中で、熟した果実が落下するように相手の心の中に落ちていった。そして、その果実はやがて、それぞれの心の中で新たな生と光と風の結晶に変容していった。

神島は自分の場合、ここから出ていくことが結局、生き直すことなのかもしれないと考えた。しかし、自ら志願してここへやってきたことを考えると、軟禁同様のこの場所で自律をめざして自分に課した課題を果たすことが、即ち生き直すことなのであろう。だが、人の可能性というものは、ある幸運に恵まれない限り引き裂かれて放置されつづけるだけで、自分の足元にひろがる漠たる闇の中で、不自然な形で不明なままで、いつまでも閉ざされたまま唸りつづけるに違いない。だから、ここが、自分に与えられたその再生を試みる場所に違いないと思う半面、自分は何のために生きようとしているのかという心中の問いには答えられなかった。そこは、自分の心の奥の生の炎が燃えている場所だったからだ。そこに近づく者は身を焼かれるだろう。周りの人々、善意ある者も悪意ある者も、そこでは、自分の心中の炎の孤島をめぐる一片の海水の飛沫にすぎないのだ。

神島は、牧師とわけあった沈黙の中で、生の炎の孤島にあたる心地よい微風を感じつつ、自分の心の芯の辺りで、覚めた目で自分をみつめているもう一人の自分がいることに気づいていた。

逃走があとを絶たなかった。少年たちはあらゆる機会を逃さなかった。中庭で行われた進級式の隊列が、驟雨にあって乱れ、蜘蛛の子を散らすように厠を求めて走りだした時、ひとりの窃盗少年が、構外に通じる木工教室の便壺の中に、その小さな体をひそめて、四、五時間後に発見されたことがあった。又、弟の葬儀に参列するため、帰宅をゆるされた傷害少年が、自宅の玄関先で送迎車からおりた途端、まっすぐ台所にかけこんで包丁をもち出し、脚にすがりつく母親をけとばし、制止する教官の手を振りはらって逃走した例もあった。ある晴れた午後のこと。体育の時間にバッターボックスに立った恐喝少年が、ファールチップしたボールを追って構外へ飛び出していって、そのまま走り去るという愉快なものもあった。さらに、盲腸手術を終わった一時間後に、街の病院のトイレの高窓から飛び降りた無謀な輩もいたのである。

圧巻はあるてんかん少年の事例である。精神運動性発作からくる一時的見当識喪失のため、房周辺の草刈り作業中、ひとりスタスタとさも目的ありげに、教官の面前を通り過ぎ、そのまま構外へ逃れ出て、なおも等速度で歩きつづけているところを、取り押えられたことがあった。この少年は街の小さな菓子屋の息子で、双子の妹と聾唖の兄がいた。母は新興宗教の狂信的な信者であった。少年が数回の放火の容疑で補導され、児童相談所から市内の精神病院に移送された時、この母親は精神科医の助言を無視して無理やり退院させて、信心している宗教の本山に連れていった。しかしその後も少年は、夜中に家をぬけ出して、三、四日も帰らなかったりすることが度重なった。少年院に送られてきてからも、寮舎の窓からひとりボンヤリ外を眺めていることが多かった。少年の内なる放浪の衝動を回避することは不可能だったのだろう。夢遊独歩行為のあった日からおよそ三月もたったある日の晩のこと。就寝前点呼の際少年の姿が見当たらないのに気づいた当直教官が、応援をたのんで院内外を探したところ、寮舎裏の便壺にうつ伏せになって浮かんでいるのが発見された。そこは以前便器を破壊して汲みとり口から別の少年が構外へ逃走するという事故があったので、汲みとり口の蓋の上に重しのブロックを乗せてあったのである。少年は便壺の中から必死に蓋をもちあげようとしている最中に、てんかん発作に襲われて力尽きたものと思われる。神島は教官を手伝って、悪臭を放つ少年の遺体を引き上げた時、ゴム手袋をした手でつかんでいた棒状の片脚が、手もとからすべり落ちた途端、胴体が頭部をひきずりながら、糞尿の汚物の中にゆっくり沈んでいくのを見た。その後しばらく、神島の心は晴れなかった。

そんな、ある晴れた日のことだった。いつものように農耕地への潜り戸を抜けた時、神島は足元にキラリと光るものを見つけた。鋸《のこぎり》の欠片だった。かがんでとっさに拾い上げて、すばやく襟の合わせ目にさしこんだ。小一時間の作業が終わり、農具小屋の前で汚れた作業着を脱いだとき、手際よく襟のモノを白い制服のズボンの裾裏に移しかえた。

古山と田里は、早い夕食の後、夜間学習に入るまでの自由時間をホールの卓球台の陰でザル碁に興じていた。神島は窓辺に立って、暮れていく夏空をボンヤリみつめていた。田里がしきりに、待った、をかけている。古山が癇に障って毛深い腕の拳で盤を叩くので、碁石が時折盤上ではねていた。暗い廊下の隅の辺りで強姦少年が、はやりの歌を歌い出した。はやくはやく。おねがい。わたしのそばにきて。だきしめたくって。廊下の壁にもたれかかって体を揺らしている奴も、にわかに口ずさみはじめた。

八重島は、最近珍しく読書に関心をしめしていたが、床《ゆか》に小学校の国語読本を放りだして、しきりに足の爪をいじっている。時々多幸的に口を開いて、宙に文字を書く仕草をしている。洗面所で水をつかっている少年に、トイレから首をつき出して、卑猥なコトバを投げている奴もいる。この時刻、少年たちの心は解放され、弛んだゴム紐のように生彩さを欠いて、無防備になっていた。神島は、それから幾日か、せまい舎内で手製の暦の升目をつぶす忍耐の日々を過ごした。

　神島が、二本目の窓の鉄格子を切りおえたのは、島に新北風《みーにし》の吹きはじめる十月上旬の土曜の夜だった。夕方から降りはじめた雨はしだいに雨脚を速めていった。すでに七日前に切断し終えた鉄格子は、建築中の農具小屋のガラス戸から剥ぎとった流動状のパテで細工し、隠蔽してあった。現場に出入りする職人の道具箱から金鋸《かねのこ》が数本紛失していることが判明していたので、全寮舎の一斉捜検が実施された。神島は農耕作業中も、舎内の食堂の床の片隅にパテで貼りつけてある金鋸の断片のことが気がかりであった。古参少年の幾人かは、冷ややかな視線を向けて含み笑いをみせたが、一人として神島の行為を密告する者はいなかった。

　その日は、昼過ぎに一度降りやんだ空が、夕食の時刻になると再び雨雲を集めはじめていた。食事中の無駄口を禁じられていた少年たちであったが、古参少年の一人が、舎監室でタバコを吸っている先生に向かって呟いた。今夜は、雨になりそうですね。すると先生がおもむろに、ああ又、雨になりそうだな、今晩は冷えるぞ、みんな腹を出すな。と返した。側の八重島が、プラスチックの椀に突っ込んでいた顔をあげて、風が吹くとよく眠れますよね、先生。と呟いてくれた。

　神島は、食卓に箸を静かにおいた。そして、舎外の風の音に耳を澄ました。寮舎を出てコンクリート塀を乗り越え、風雨の中を小走りに街へ逃れていく自分の後姿を思い浮かべた。（うんと着込んでいくことにしよう。）

予測していたように、深夜に向かって雨は激しくなり、新北風《みーにし》にあおられて狂ったように闇の底になだれこんでいた。ホールの柱時計が二つ鳴った。巡視の時刻だ。教官の足音が迫ってくる。立ち止まると、手にした懐中電灯の明かりが、鉄格子越しに就寝中の少年たちの顔をなめて動く。側の古山が寝返りをうった。しだいに足音が遠のいて、消えた。

神島は毛布をはねのけ、切断した窓により鉄格子の前にたった。そして、格子の先端を握りしめると、満身の力をこめて手前に引きつづけた。（少なくとも巡視はあと一時間後だ、時間はたっぷりある。）神島は、折り曲げた鉄格子に手を置いて、低く息をついた。向かいの寮舎で巡視の白い光が動いているのが見える。いつの間にか、側に八重島が立っていた。夜明けまで間もないぞ、遠くへ逃げろよ。口元に淋しげな笑みを浮かべて言った。ああ、みんな元気でな。神島はそう答えると、すばやく鉄格子の隙間を潜り抜け、激しい雨の中をコンクリート塀に向かって走りだした。

もう、そこは朝だった。雨上がりの黒くさざ波立つ那覇軍港の海面には、空に黒い鉄のマストを幾本も突きだしている逞しい軍艦が、重なり合って着岸していた。船尾に吠えるような開口部をもつ艦の近くには幾台もの軍事用トラックが並べられて乗船を待っていた。対岸の民間港には、鹿児島航路の大きな客船や小さな漁船の群れが船体を浮かべていた。

数時間後、海風に舞う華やかな色とりどりのテープをひきずりながら、静かに埠頭を離れていく客船の船倉に、神島の姿があった。

火柱

未発表　一九八三年

街はその日、狭い路地裏のすみずみまで、黄色い砂ぼこりにおおわれていた。中国北部の黄土地帯やモンゴルの砂漠地帯で風によって吹きあげられた砂塵が、西風にのって日本にやってくる現象を黄砂というらしいが、その煽りが、沖縄本島中部の街宜野湾市の一角にもとどいたのである。数年ぶりの量の多さであった。太陽の光は弱まり視界はおちて、黄濁した乾いた空が、ときおり偏西風にゆすられてざらついた大気をまぜっかえしながら、地におおいかぶさっていた。

首里の丘陵台地の高みから西海岸を見おろしながら、北へ七、八キロ下ったところに、小さな岩山があった。その突起を縁どるように貧相な公園があり、公園台地の裂け目の窪地を東から西へ、二級河川ヒヤラ川が流れていた。川といってもそれは台地の皺の渓のようなもので、人目には、川口近くまで行かないとそれとわからない陰所の流れだった。川は海成段丘の傾斜面に建ちならぶ民家をぬって港川に合流して海に注いでいた。そんな岩山の対岸に、二百余のスナックやバーが軒をつらねてひしめきあっている特飲街があった。通称マエハラ新マチとよばれている色街である。

この場所は、復帰後、県都那覇市から浦添市に西海岸沿いにのびてきた市街地の頓挫するくびれに位置していた。東京サイズの那覇の夜に、下半身の欲望をたかぶらせた酔客が、その捨て場をもとめてこのくびれまでやって来た。マエハラ十字路はうち懐に色街をかくしたまま、それを包みこんで素知らぬ顔つきでいた。道路沿いには二四時間営業のストアやスーパーにジャンボパチンコ、キリスト教会や古本屋もそれらしき店構えで並んでいた。昼の色街は、低いひさしのセメント瓦をのせた民家風の住宅の連なりにすぎず、附近住民のふだんの生活にとけこんで姿をかくしていた。

岩山の崖下に、ヒヤラ川の皺の渓に迫るように、イジュン蜜道という当世風の新興宗教の本堂があり、水子供養を売り物にして流行っていた。その東の低地には四角い校舎をおもわせる万大苑という名のモーテルがあった。ヒヤラ川の褶曲は、万大苑の建つ低地で首里の高みから落ちてきた県道にさえぎられ、一旦地の底に潜り、その上流は見えかくれしながら東方の住宅地のなかに消えていた。岩山の展望台から、マエハラ十字路の北側の台地にひろがる海兵隊普天間基地の滑走路が見えた。戦闘のない今の時期でも、戦闘機やヘリコプターの発着音がときおり空をゆるがした。これらの建造物が、ながい年月をかけてそれぞれの地に産みつけた地の声を、乾いた身のうちに無造作に抱きとるようにしてヒヤラ川が流れていた。色街で吐き出された人々の欲望は、地に浸みいり、ヒヤラ川に集められ、暮らしの汚濁といっしょに西の海に流されていった。

昼過ぎから、いっそうその黄色の肌合いを濃くしてきた黄砂の空は、夕暮れになると、黄色い闇を思わせるほどに人々の視界を衰えさせた。その日は金曜日で、帰宅するサラリーマンの車が、マエハラ十字路で渋滞していた。いらだちを露わにする警笛が鳴ったりした。

大きな紙袋を両手でかかえた中背の男が、今十字路を左へ曲がるところだった。男の影も黄色く縁どられて動いていた。紙袋のなかみが重いせいか、男は少し前かがみに歩いていくようだった。洋服店の前の信号機で道路を横断したとき、男が片足をひきずっていることがわかった。道路を渡りきると、道沿いに赤いタイル張りの閉店した銀行の前をあるいていく。その歩みは何かに急かされているふうで少し足早だった。水色のジャンパーの裾《すそ》が、路地をすりぬけてくる乾いた風にあおられたが、男は無頓着だった。銀行の前を通り過ぎ、三軒隣りの古書店の前で立ち止まると、意を決したかのように中に入っていった。

男は出入り口に積まれた古書の上に持参した紙袋をおろすと、遠くを眺めやるように眼前の、天井をつく幾層もの書架がそそりたつ細い迷路の奥へ、ゆっくりと歩きだした。迷路をてらす蛍光灯のうす明かりに、黄砂が忍び込んでいる気配があった。そこらは光の檻のようだった。迷路の片隅で物音がして人影がのぞいたが、男は動ずるふうもなく、まるで自分のなかに還っていくように動いていた。林立する古書のいわく言いがたい臭いが、黄砂の光の檻の中に浸みて静寂がおとずれていた。男はひとつの書架の前にきて立ち、厚めの本を一冊とりだすと、黄砂の檻の奥にわけいるようにはいっていった。

それ、わからないこともないけど。担任の女教師は甲高い声をあげた。やはり、今の沖縄では選ぶなら医学でしょう。そういわれて男は煩悶した。でも、いうだけはいわずにおれない切迫した気持ちになった。僕、曖昧なんです。と告げた。すると女教師は、出来るわよ、あなたなら。なぜ明確な目的意識を持てないの。あなたの偏差値なら大丈夫よ。と諭した。男はあの違和感を、他人に伝えるのはとうてい無理だと、思い知った。

あの違和感。それが男の頭にはいってきた日のことは忘れない。それはいきなりはいってきて、男の頭蓋骨の裏に濃い霧のようにはりついたのだ。いきなりではあったが、数週間前からその予感はあった。机にむかっていると頭のなかがぼうっとなった。今まではっきりしていたものが瞬時にかすんでしまい、しばらくものが考えられなくなってしまう変調だった。違和感が日増しにひどくなっていき、ある日それはやってきた。いきなり頭蓋骨の裏に霧状の樹液様のものが吹きかけられたのだ。それ以来男の頭のなかから明確なものは出ていってしまった。男はいつも曖昧な霧のなかにいた。左右も上下も前後の感覚もおぼろになった。自分も、そして自分のうちとそとの境もその輪郭をうしなっていった。自分のなかにおこっていることを懸命に考えようとすると頭がひどく痛んだ。痛みがこらえられずに家を飛びだして、夜道をさまよったこともあった。女教師のすすめをふりきって、心理学を専攻したのは、頭にはりついたあの違和感を明確にせずにはおれないせっぱ詰まった選択だった。

四年間、内地の私大でやっきになって学んだ勉強も、何の変化ももたらさなかった。自己分析の理論をあてはめて内省してみても、違和感はとけていくどころか、樹液のような不透明な霧は深まるばかりだった。それは君、幼年期の親の愛のストロークの欠如だよ。手伝うから、もっとリラックスしろよ。卒業後もつき合ってくれた大学の友人は、そう慰めの言葉をかけてくれた。飲め飲め、たまには飲んだくれて、その変な頭を空っぽにしろよ。といって一緒に酔いつぶれてくれたりもした。

なんで、いつまでもそんななの。あなたといるとわたしまでおかしくなっちゃうわ。しばらく同棲していた東北の女は、そういって、ある朝荷物をまとめて出ていった。

精神病関連の本は読みあさったが、無駄だった。本の指南するところに従えば結局、薬に至りつくか自分自身に至りつくかの二者択一しかないことがわかった。それで病院にはいかなかった。自分の頭のなかのことだから、自分でけりをつけたいと思いつづけてきた。中学生の受験塾の講師を転々して食いつないだ。一ＤＫのアパートで一〇年間ひとりひっそりと暮らした。東京に居つづける理由も去る理由も見つからないままだった。他人と交わらず自分の頭蓋骨の裏にへばりついた樹液におおわれて生きていた。どうしても溶け出さないあの違和感。そんなある日の夕暮れ、新宿の路地裏をぼうっと歩いていて、脇見運転の車にはれられて左足を骨折した。三週間入院加療して退院するとき、ふと音信不通になっていた沖縄にもどってみようと思った。もどるところは沖縄しかなかったからだ。

羽田からのった飛行機のなかで、昭和天皇の訃報を聞いた。窓際から晴れあがった空が見えた。見おろした眼下に雪をいただいた富士山が凛とたっていた。あんな風にすっきりなりたいと思った。昭和も終わるというのに、自分はいったいこれからどうなっていくのか不安だった。頭蓋骨の裏におぞましい霧をかぶったままの自分のいく場所は、もうどこにもない気がした。

那覇空港に降りたったとき、あっけらんの沖縄の冬空は眩しすぎる気がした。こんな澄みわたった青い空の下に生まれたのに、どうしてあの違和感が自分にとりついたのか、不可解で理不尽な気になった。軍雇用員だった父は、今も普天間基地に勤務しているだろうか。会って長年の不義理を詫びたい思いもあったが、会わせる顔もないし、そのままそっとしておこうと心に決めた。とりあえず基地沿いのどこかに、こっそり住まいを定めて、会う会わないは偶然にまかせようと決心した。アパートも塾の講師の口もすぐに見つかった。

平成になって四年が過ぎた。男の頭のなかの違和感がほどけて雲散霧消する気配はなかった。

そんな或るひと夜のこと、マエハラ新町で、男はあの女に出会ったのだ。

男は書架の迷路の奥に佇《たたず》んでいた、手元の本は開かれたままだったが、読んでいる様には見えなかった。男は口元に笑みを浮かべると、遠くを眺めやる目になって本を閉じた。そして、ゆっくり左足をひきずりながら入口まで歩いてきて、さきほどおろした紙袋をふたたび両手にかかえて、勘定台のある明るみに立った。

向き合った大柄の店主は、眼鏡ごしに男を見て言った。黄砂がひどいですな。何年振りかね、こんなに降るのは。顔見知りらしく、店主の口ぶりは気やすかった。これ、ひき取っていただけますか。足りない分は精算しますから。店主は狎れた手つきで袋の中から本を取りだして手元に積んだ。すばやく値踏みをしたらしかった。新刊本じゃないの。余りますよ。店主は引出しから掛け売り帳を取りだして開いた。男は上気しているように見えた。何かお持ち帰りになりませんか、と店主。いいえ、いいです。とっておいて下さい。男は明るい声でそういうと、お世話になりました。と軽く会釈して踵《きびす》をかえした。店主は、前かがみに表通りに出ていく男の背中に、普段とちがうものを感じとったので、またいつでもどうぞ、と声をかけたのだが、男は足早に黄砂の降る夜のなかに消えていった。

マエハラの十字路附近の表通りに街灯がつき、色街のネオンも灯ったようだった。黄色い闇が、刻一刻その重さを増していた。通りの形ある物の輪郭が、影絵のようにゆれていた。十字路を西にくだる坂道の歩道に人影があらわれた。こちらへ歩いてくる。はじめ大きく見えた影は、日傘をさした女だった。ジャンボパチンコ店の街灯の前まで来て立ちどまると、手をかざして視界の悪い前方を見やっているふうだった。ふっくらとした小柄な女だった。白地にユウナの蕾をあしらった花柄のワンピースを着けていた。女は元気よく歩きだした。黄砂の闇を厭うふうでもなく、一歩一歩軽やかに地を踏みしめて歩いていた。この坂道をこうしてひとりで歩くのも、今夜限りさあ。そう女は呟いていた。

アイツが自分のなかに入ってきて、心の隅に棲みついたときのことは忘れないさあ。高三にあがる春休みだったかね。クラスメートの女の子と一緒に泳ぎにいった帰りに、喧嘩になってね。ふたりで好きになった男の子のことで、いいわよ、どうせあんたの方が綺麗なんだから、ていわれたから。わたし、負けん気つよかったし。心はわたしの方が綺麗なんだから。て聞こえたもんだから、殴ってやった。その晩は気持ちがイラついて明け方まで起きていたさあ。そしたら急に、光が耳のなかに入ってきてね。それがはしり回って、声になるわけよ。それがきっかけだったさあ。その声の主がアイツよ。あのときから、わたしの心のなかにアイツが棲みついていて、主みたいにわたしに命令してあやつるわけよ。アイツは昼でも夜でも、ふいに出てきて、勝手気ままに飛びはねるのよ。それでわたしは、自分の意志で動くことも考えることも、だんだんできなくなっていったさあ。だから、そんなアイツを、いつかきっと滅ぼしてやろうとおもいつづけてきたさあ。アイツを今日限りで滅ぼせる。そうおもうと女は、やっと以前の自分に戻ったような気がして、涙がこぼれてきた。

いつだったか、アイツにあやつられて船にのせられたことがあった。女はそう思った。かんかん照りの夏だったさあ。船をおりるまではたしかにアイツが一緒だったはずなんだけど、ふと自分に返ると、ひとりだったわけ。そこはずっと前に来たことのある島で、船着き場のむこうにある小さい岩山も見覚えがある気がしてね。岩山の上空で数羽の鳥がとんでいて、わたしはその鳥の群れを見ながら、足元の白砂を踏んで歩いていったさあ。誰かに呼ばれている気がしていたけど、アイツじゃないみたいだった。べつの誰かが鳥の姿をかりて、天の上へ上へとわたしを連れていこうとしている気がしてさあ。アイツがいつもとはちがってしおらしく、いかんけえいかんけえ、するもんだから。なんねえ、それ。今まで勝手にふりまわしてきたくせに。わたしは、そういって、アイツをほっぽり出してついていったさあ。浜からあがってどんどん歩いていくうちに、なんだか嬉しい気分になってさあ。足も軽かったし。これがほんとの自分よね、そうよねって。自分で自分にいいきかせているのがわかったさあ。気づいたら芋畑の真ん中で太陽をみあげて。

て上機嫌でいるところを、近くを通りかかった見知らぬ人に通報され、船に乗せられて家におくり届けられたの。連れていかれた病院では、ちゃんということをきいて静かにしていた。アイツもおとなしくしていたもんだから、すぐに退院できたさあ。わたしがマエハラに通うようになったのも、アイツから逃げ出すためだったわけ。

母と伯母に連れられてユタの家も方々歩いたけど、ウヤファフジ（ご先祖様）がグソー（あの世）でクヨー（苦悩）しているとか、この子はマニカタカキラレテイル（先祖の霊にとり憑かれている）とか、いうことはたいてい同じさあね。わたしのなかのアイツは相変わらず撥ねていたさあ。スーパーでレジ叩いているとき、アイツが手にはいってきて勝手に狂わすもんだから、計算間違いして辞めさせられたこともあったさあ。一事が万事、そんなだった。楽になるときってなかったさあ。でも、客抱いて寝てるときだけ、アイツが消えたわけ。一時だけ楽なわけよ。寝るのそんなに好きではなかったんだけどさあ、アイツを追い出すためには仕方ないと思っていたさあ。あっさ、こんなわたしの気持ち誰にきいてもらえるね。わたし、いつまでこんな暮らしつづけるのかね、そうおもってみじめな気持でいたときに、あの男に出逢ってさあ。

黄砂のふりしきる歩道を、たしかな足どりでゆれてきた日傘が、新町社交街のアーチ型の立て看板の前でとまった。女は、日傘を心持ちすぼめてつもった埃をふりはらうと、気をとり直すようにもう一度さしかけて、アーチをくぐって色街の方へあるきだした。

男が新町の南の棟の一角にある「静の家」で、はじめてその女を買ったとき、別れ際に女が、いいさあ、あんたとなら。と目を潤ませて微笑んだのだ。アイツにはこれ以上勝手にさせないけど、あんたにならまかせる。といったのだ。男には、はじめそれが何のことか分からなかった。こんなところで身をひさいでいるのだから、紐のような悪いアイツがいるのかとおもった。女は笑って、そんなんじゃないさあ、といったが、すぐに悲しそうな顔をして、心のなかの主よ。といってうつむいたのだった。どうせ、他人にはわかってもらえないけどさあ。あんたとは気が合いそうだからさあ。女はそういうと、男の膝を枕に体をすぼめると、じっと男の顔をのぞきこんだまま動かなくなってしまった。男はひさしく忘れていた心の安らぎを感じた。そして、こんななりでこんなところで安らぎを感じている自分に苦笑した。女はいつの間にか目をつむっていた。目をつむるといっそう小さくみえた。男は自分のような半端者の膝の上でこんなに不用心になれる女が、一層いとおしくおもえてきた。自分のそんな気持ちは告げずに、その日は帰った。

いいさあ、あんたとなら。そういった女の言葉を数日反芻しているうちに、男のなかに今まで経験したことのないある爽やかな気分がふくらんでいくのがわかった。それがやわらかにたわんで、男の頭蓋骨の裏にはりついたあの違和感を勢いよく弾く力をつくりだしていた。膝に抱いた女の小さな円みがはっきりみえた。いとおしいとおもった。不思議な気持ちだった。男ははやく女に、自分の気持ちを告げたいとおもった。

ふたたび「静の家」の前に立ったとき男は、ある確信を抱いた。玄関を入るとまっすぐ廊下の奥の部屋に向かった。女は狭い三畳の寝間で待っていてくれた。来てくれるとおもったさあ。女はそういうと、真新しいい寝具の上に男を誘い、まむかって座った。女は雨上がりのユウナ樹の黄花の蕾のように小さくすぼんでふくらんでいた。人との、そして女との、この世でのこんな出逢いはもうない気がした。ここでこんなふうにこの女とこれっきりしかない、とはっきり感じられた。ここを逃れて他のどこかに何を求めても、もう何も得られるものはない、とおもった。男はそれを確かめたくて、性急に告げた。もっと楽になるところにいこうか。うん、もういいから……楽になりたいさあ。そういうと女は緊張をとき、白分のなかに還っていくように、男の胡坐の膝のうちにくずおれておさまった。もういいから……、男は女のつぶやきに自分のつぶやきを重ねあわせていた。もういい。そうもういいのだ。男は緊張し通しのあの違和感から逃れきってしまいたいとおもった。男はあれがとり憑いてからの自分の半生のことを女に告げた。女は浅い眠りの瀬で漂っているようだった。

おねがい。わたしのなかにはいってきて。アイツのかわりしてくれない。女の声は眠りの底から噴きあげた哀願のようにきこえた。男は膝のうちの女の小さな円いからだを抱きしめた。しばらく動かずにいた。随分遠まわりをしてここまであるいてきたような気がした。頭のなかを覆いつづけてきた霧が晴れていきそうな予感がした。

わたし、あんたのなかにはいっていきたいさあ。あんたの頭のなかのヘンな感じ、消してあげたいさあ。そう女は膝のうちでつぶやいた。男にはその言葉が、他人からかけられた無上の言葉におもえた。それは、男にとって限りなくやさしい言葉ではあったけれど、非情な言葉でもあった。たとえ女が切望したとしても、女のなかにはいっていって、女のなかのアイツになりかわれるものではない。と男はおもった。それは逆に、女のやさしさが自分のなかにはいってきても、自分のなかのあの違和感は、けっきょくこの世にある限り、溶けてはいかないことをおもい知らせることでもあった。嬉しさをもたらした光の陰に悲しみがよりそっていた。女も目を閉じたままで、同じおもいの底から男をみあげている気がした。膝のうちの女を無性にいとおしくおもった。楽になろうか。男は自分のつぶやきのなかに溶けいるようにいった。うん。女はそのつぶやきのなかに浮かんで漂った。

男が場所の話をきりだすと、女は「ここがいい。」といった。男は一瞬訝った。ここで、燃えつきるさあ。ここでないと、意味がないさあ。と女は繰り返した。男は夏の夜空を焦がす火柱を想像した。この色街に一夜火柱をたちのぼらせる。世にまつろわぬ生き方を強いられてきた、自分たちのような者にとって、ふさわしい最期のような気がした。女のいうとおりだとおもった。

ここで出逢ったからここから逝く。お互いに大切なものをあずけあって、たまゆらのやすらぎのなかで、迷いのない自分に還っていく。そんな弾んだ気持ちになった。女は三日間で身辺整理をすませるから、とつけたした。

うん。男には、もうさしはさむ言葉は何もなかった。膝を圧する女の円い重さが、今この地上に自分をひきとめる、一本の錨《いかり》の緒《を》になったのを感じた。男は安普請の赤い灯に照らされた天井を見あげた。その向こうに、夜空が赤く燃えたつのが見えた。

その日色街は、ふりしきる黄砂の闇にのみこまれ、地からその身を微かにひき離しているようにみえた。大通りに面した雑貨店前の路地に、男があらわれた。すこし遅れてそこへ、日傘の女があるいてきた。女は男を認めると、小走りにかけてきて日傘をさしかけた。男は身をすくめて傘のうちにはいると、女の肩を抱いてあるきだした。ふたりは弾む足どりで色街の路地の奥にはいっていった。

今夜、昼すぎからの異常気象をおして、この地のくびれを求めてやってくる酔客の人影はまばらだった。飾り窓に顔をだしている女たちの姿が緩慢に動くのがみえた。ふたりは中通りの黄ばんだ薄ら闇にふちどられて、地から離れるようにあるいていた。飾り窓の女たちが凋《しぼ》んだ野の花々をおもわせ、地の形あるものの重力を中空に漂わせていた。

女が、とある一軒の店の前で足をとめたようだった。女は日傘を男にあずけるとなかにはいっていった。ふたりで逝く覚悟をきめた夜女は、サヨナラをいってあとのことを頼んでおきたい人がいるから、といったのだ。もちろん今夜の意図をうち明けずに、手持ちの金と書置きをたくしたいというのだった。男は黙って逝きたかった。自分にはさしあたって後をたくす身内も知人もおもいうかばなかった。たとえいたとしても、あえて逝く言いわけをしたいとは思わなかったが、女の気持ちに意を添わせて、手もとのあり金をいっしょにたくそうという気になった。ふたりの持ち金をあわせると六百万になった。

女は店の奥から、髪をひっつめた小太りの女に背中をおされるようにして表に出てきた。ね、言ったでしょう。人生あきらめなさんなよって、いつか言ったでしょう。あいなあ。よかったさあ。女は何と告げたのだろうか。女は男と目をあわせると、一瞬とまどいの色をみせたが、すぐに遠くをみる目になった。そのとまどいの目の奥にうれしげなさびしげな色が滲んでいた。

あっさ、あんたね。幸ちゃん見初めたのは。あんた、得したはずよ。その女の底なしの善意に弾かれて、ふたりの心に甘酸っぱい痛みがはしった。はやくいきなさい、はやく。その女に背中をおされて、ふたりはゆらゆらとゆれながら歩きだした。水色の日傘が、ゆっくりと地から離れていき、色街のくすんだ灯の花々のひとつに混じって、ふたつの影が路地の奥に消えていった。

その夜、「静の家」の一角からあがった火柱が、黄砂のふりしきる色街の上空を赤々と染めた。

ヒヤラ川の地のくびれにひそむ有象無象の景色が一瞬、地の声を噴きあげるかのように、赤い火照りのなかに浮かぶのが見えた。

野の道

『森の叫び』（一九八五年）掲載

まだこの世に生まれ出ない本、「森の叫び」を編んでいる東京の高沢さんから、本のイメージにあった写真が十枚程ほしいのだが、というひかえ目な依頼があった。何とか探してみましょうと答えた手前、手元の病院関係の写真をかき集めて点検したところ、あまり気に入ったのが見つからなかった。締め切りを問い合わせたら、二週間位余裕があるということだったので、冬日の晴れ間を見て撮影にいくことにした。天候を待つ間、こちらにもそれなりのイメージがふくらんできた。

僕はさっそく、病院のカメラマンを自認しているケースワーカーの平良君と、明細に富んだ大型の色つきの地図帳を片手に、この頃島巡りにこっている知花先生を誘った。その他に、転地療養と気分転換の欲しい患者さんを、二、三人連れていこうということになった。うっとうしい人だけではなんだから陽気な人も混じえようということで、こちらもコメントして人選びをした。いずれも知花先生の担当している患者さんなので治療的関与ということで半日外出の大儀名分もたつというもの。

その日は、前夜の大雨で朝方まで曇天だった。ときおり雲の帯がほどけたようになって仄かに青空が小さな腹を突き出し、そこから陽光がおちていた。

「昼からの撮影、大丈夫かな」

と僕が不安そうな顔を向けると、

「何とかいけるんじゃないの」

とカメラのレンズをいじっていた平良さんが他人事のように言った。天候など天然の事象は、こちらの思惑とは無関係に動くもの。なんだかんだといってみても始まらない。こちらから天候にあわすだけだ。というのが平良君の理科的な心意気なのである。

病棟での患者面接をはやめに切り上げてきたらしい知花先生が、肩をゆすって部屋に入ってきた。見ると、小脇に例の部厚い地図帳を抱えている。

「行くんだろう、今日」

と言って、おもむろに地図帳をひろげた。

僕も平良君も傍らに寄って首をつっこんだ。

「これで、行く場所の見当をつけておこう」

と知花先生。

三人はそれぞれに眺めやった。

さすがに目の前に写しとられた島は、精度のいい航空写真だけあって、鮮烈な天然の色あいを帯びて横たわっている。自分の島ながら、南海に浮かぶ竜宮と呼ぶにふさわしい美しさである、と想った。島をくま取るリーフの陰影が、島そのものを青々と染め上げ浮き立たせていた。地に這いつくばり、精神病院の暗い階段や廊下を患者と共に徘徊している日頃の自分の目の位置からは見えてこない光景である。知花先生の島巡りは、この俯瞰的な目の高みから地上に降りていくようなものではないか。あたかも一羽の鳥が地上の一本の木の枝を求めて降下するように、車を駆《か》ってその対象地点に近づいていくのではないだろうか。思うにこの島の人々はみんな島の影に、ある俯瞰的な幻想の距離を堅持しているのではないかと思う。いわば、その姿勢は、天を振り抑ぎ太陽を拝する心性とは対偶をなしているものであろう。地上から天に放たれた視線はまた同時に、天から地上を射抜く視線でもあるのだから。

知花先生は絵本を前にした童子のように地図帳をめくりながら、喜々として撮影場所のありかをいくつも指で示した。僕も連られて見聞した場所を想い起しながら、僕は僕なりに撮影のアングルを想像して楽しんだ。出版社の高沢さんからは、風土的なもので人物は点景としてあってもいい、ただしモノクロで、という注文をつけられていたので、その線で恰好の場所を探そうと目論んでいた。

僕には「森の叫び」に収録した作品との関係で、全体に、あるイメージがあった。それを追いたいと思った。それには、島々を天へ向かっておし開く感じの遠景がいい。その遠近感を確保するための被写体は、丘陵の草地でも、街の建造物でも、海崖でも、森でも御嶽《うたき》でも、海浜の波頭でもいい、と漠然と考えていた。

ここもいい、あそこも見応えがある。などと、それぞれでイメージをつむぎあっているがなかなか場所が絞れないので、ひとまずどこか島を遠望できる高いところに登ってみようということになったのである。しかし、島を遠望する高所など至るところにあり結局場所を絞ることはできないことに気づいて、また、堂々巡りになってしまった。

二人の話が飛ぶので席を立ってカメラをいじっていた平良さんが側から、

「往復二時間、撮影時間二時間位見積って下さいよ」

と注文をつけた。現実的な提案なので、なるほどと感心して、市街地を抜けなければならない中部をよして、東海岸沿いに南部へ行こうということに決まった。

「まず、大里城趾に登って眺望をあたってからにしようか」

と知花先生の提言があり賛成した。

窓の外を見ると、いつの間にか青空が大きくひろがっていた。

小型バスは昼休みのあと一時三十分に出発することになっていた。出発間際になって、面会人か来るからとか、気乗りがしなくなったとかいう些細な理由で二転三転し、結局次の三人を連れていくことにした。うつうつとしていつもその大柄な身体に沈みこんでいる貞夫さん。自分が空っぽになってしまって生きている感じがしない、何とかして下さい、としきりに訴えてくる育代さん。それに、目下軽躁状態で、あら、私しゃべりすぎるかしら、と言って自分の手で自分の口を封じておきながら、その口でまた、指の隙間からしゃべり出す有様の君子さん。勿論、運転手はメカに強い安全運転の平良君である。

バスに乗りこむときに貞夫さんの足許を見ると草履ばきだった。

「山に入るかもしれないから靴がいいですよ」

と忠告すると、

「そうですか」

と言って、急いで病棟に戻りはきかえてきた。

僕は助手席に乗り、みんなも思い思いの席に納まった。案の定、陽気な君子さんは知花先生の側に坐っている。そのうしろに貞夫さんと育代さんが肩を並べた。

「早く出ようよ、天気が勿体ないじゃない」

君子さんの声にせきたてられて、バスは出発した。

「平良君、裏道行こう」

知花先生が注文をつけた。

バスは、数年前に首里の丘からそっくり移転してきた琉球大学の広大なキャンパスを迂回して、起伏のある田舎道を抜けて、東海岸線に出た。途中道端に刈り取られたキビの束が山をなして積まれている。鎌を振り上げている農夫の姿も見える。西原の三叉路を曲がるとき精糖工場の構内が見えた。高架天井の搬入口には、細い木の枝を想わせるキビの束がまだ高々と積み上げられていた。昔のキビはもっと丸々としてずっしりしていたのに、といつぞやと同じ感慨に見舞われた。

君子さんが
「ワァーワァー、あれから砂糖できるの」

とひとり感嘆の声を上げてはしゃいでいる。

冬日は中天にあり、バスの中はポカポカ陽気に変わっている。僕は窓を開けて風をいれた。後の席の貞夫さんも窓を開けている。

「どうだ、この沖縄のあたたかさは、いいだろう」

と知花先生の声。

「だけど、こちらの夏は大変よ、先生。私たちヨソ者には。年中この位だったら、私もこんな病院に入れられなくてもすんだのよね」

君子さんは暑さにかこつけてちゃっかり不満を述べたてている。

「ふーん、こんな病院ね……」

「あら先生、ホホホホ……気を悪くしたの。私、先生に大変感謝してるんだから」

「いや、まあ、愛嬌愛嬌。でも、本音はついつい現れるというからな、恐いよ」と軽く絡んで楽しんでいる知花先生。

「まあ。意地悪ね、先生。退院延ばさないでよ」

とストレートに反応する君子さんの慌てよう。

「どうしようかな」

とはぐらかしながら先生は、ポケットに手をやりハンカチを取り出して顔にあてた。

「あっ、先生、それ！」

君子さんが素頓狂な声をはり上げた。

「靴下よ！」

えっ、とみんな一斉に目を向けた。それはまぎれもなく一本の薄手の茶色の靴下だった。まあ、呆れた、とうしろの育代さんも身を乗り出して目を丸くした。窓辺に寄って物想いに耽っている風であった貞夫さんも目元に笑みを浮かべている。

「夜の街で知らぬ間にポケットに忍びこんだんだよ、きっと」

僕は、酒好きの先生を軽く揶揄《やゆ》するユーモアを言って、みんなの驚きを受けとめてやった。

「だめよ、先生。こんな汚ないもので大事な顔を拭いちゃあ」

と、君子さんは形勢を立て直すチャンスとばかり、自分の可愛らしい花模様のハンカチでかいがしく先生の顔をトントンとおさえて汗を拭いてくれた。先生は恥じらいながらも満更でもないという顔をして、

「まあまあ、こういうことは滅多におめにかかれることではなし、気にしない気にしない」

と呟いて、なすがままになっている。

「靴下一本でみんなあの世行きですよ」

と平良君が危険なジョークを言ったので、みんな明るい気分になり大笑いした。君子さんもすぐに反応して。

「だめですよ、平良さん。私には主人と子供が待ってますから」

と言うには言ったが、今度はゆとりのある言い方であった。


バスは赤い瓦屋根の点在する小さい集落を抜け坂道をゆっくりと登っていた。城趾入口までの新開道路とその周辺のたたずまいの変化は、城趾をいただく丘陵の上までは届いていなかった。石垣と福木の生垣に沿って走る昔ながらの石ころ道が城趾の天辺《てっぺん》までつづいていた。

僕たちは頂上附近の岩場に取り残された空き地にバスを乗り入れ下車した。赤茶けた畑が足元から段状に左右にひろがっている。畑にはまばらに生えた菜の花の花びらがひと群ふた群。その花陰に薄い水色の小さなチョウが見え隠れしている。

知花先生を先頭にみんな、見晴らし台に通じる琉球松の低い木立の中に入っていった。

僕もあとにつづいた。歩きながら、空を近くに感じた。松の枝が風をうけている。ここは自在なところ。この道は、通り抜けていく道。何故か、そんな感慨が湧いた。ほんの小一時間ばかり前、あとにしてきた病院の暗い廊下。人間の手で覆われ密封された建物の中の徘徊の道。あそこからここまでの距離はいかほどのものか、と想った。街をはさんだあそことここ。人間が二本の脚で踏みしだいた跡にできるのが道というものであるならば、確かにあそこもここも道には違いない。でもあそこは徘徊の道だ。見上げる空もなく、松風が呼びさます歓喜もない。あそこが、街から逃れ、追われてきた人々の身を隠す森にたとえられるにしても、それは人工の森にすぎない。人工の森では、空は覆われたままである。

ここは野の道。空が近くにある。人工の森の徘徊の道から、街を通ってこの野の道に至るまでの近くて遠い距離のことを想う。街を真中に位置づけると、いずれの道も、街の道の端にある気がする。端を共有することによって徘徊の道と野の道は、互いにあいまみえひとつに結ばれる。街の日常の地平を蹴って逃れきて、ふと発見した野の道。街の外に囲いこまれた人工の森の徘徊の道。どこかで一本の道につながっていて、何故か同じにおい、同じ響きを発している気がする。そして、街に生きる人々の幸福と安寧《ねい》と自己保身は、通底するこの二つの道の下降と上昇の力によって危くその均衡を保たれている気がする。

あれこれ湧出してくる理屈を反芻しつつ僕は、あの病院の暗い廊下はこの野の道に至りつく停車場に違いないという妙に確信じみた断言を下して、昂ぶった気持を胸にしまいこむと、慌ててみんなのあとを追って見晴らし台に向かった。

見晴らし台に立つと、眺望がひらけた。山波の向こうには静寂の冬の海が横たわっていた。右手に知念半島が伸びている。与那原の町並みを腰にして北へ、島の身体が伸びている。その胴部にあたる中城から沖に向かって、東洋石油の原油備蓄タンクが蟠《ばん》居しその先に棒状の桟橋が突き出している。その向こうに勝連半島がかすんで見える。いつの間に姿を消したのか陽光をおとしていた青空がかき消え一面にかすんだ空が広がっている。僕は海面を凝視した。かすかな青みを帯び、巨大な綾をなして漂うように揺れている。僕は、魅入られて、傍らにきた平良君の肩からカメラをとって、望遠でひき寄せてシャッターを切った。

「何、撮ってるの」

君子さんが近づいてきて言った。

「海」

と答えると、

「青くない海、きれいじゃないのにどうして」

と怪訝な顔付になって

「私、とってよ」

と眺望を背にしてカメラの前に立った。

「そのうち、景色のすみっこに入れて上げるから」

と気をひいておいて僕は、西南の方向に首を巡らせた。なだらかな首里の丘の襟首に工事中の高速道路の高架橋の一部が見える。その東にウンタマ森が丸いコブをつくり、その背後に、琉大医学部のノッポビルの影がかしこまってそびえている。そのまた後方に私たちの病院があることを想う。

僕は足元の小山に目を移した。山の腹の辺が真二つに割られ、そこにクチャ土の造成地が段状に連らなっていた。見ると、あちこちに似たような造成台地があり、灰色の土塊がむき出しになっていた。街の手が伸びてきているなと想う。こうして野の道がだんだん遠のいていくのだ。僕はちょっぴり哀しくなり空を仰いだ。

と、野の花や色のきれいな木の実を摘んではしゃいでいる君子さんに向かって知花先生が、

「ここは岩場だからハブが出るぞ」

と脅しをかけた。

「えっ、ほんと」

君子さんは恐がって岩場を離れてみんなの中に戻ってきた。

「色の白い本土人《ないちゃー》から選んでかみつくらしいよ」平良さんが真顔で調子を合わせたので、君子さんは、

「ウソー」

と言って傍らの育代さんの腕にしがみついて立ちどまってしまった。

僕たちは愉快になり、冗談冗談といいつつ君子さんを促して見晴らし台の石段をゆっくりと降りた。

それから、琉球松の並木を抜けて丘陵の南西の方角へ歩いていった。その向こうの端には城趾のもうひとつの見晴らし台がある。途中、道端に倒れかかっているサトウキビを一本抜きとり、みんなで一節二節の長さに手折って賞味した。僕は、幼年期とは異った あっさりした甘味を感じて、ある時間の流れを舌先で転がして楽しんだ。この島の出身だが学生時代からずっと本土で暮らしてきたという貞夫さんがはじめて食べるというので、皮をむいてやり、ガムのように噛んで汁を吸って捨てればよい、と教えてやった。

「どうだね味は」

と問うと、貞夫さんは困ったような顔をしつつ小声で、

「ええ、なんとかいけます」

と呟いた。

「ハハハハ」

僕は笑い返しながら、もう道端から拾い上げる天然の甘味も、とっくの昔に人々の味覚をそそらなくなっているのだということに気づき、淋しい気持になった。


ゆるい坂道を下っていくと城趾広場に出た。広場は冬だというのに一面野芝の緑で敷きつめられている。建造物が一つも見当たらず、気持よく広がっている。僕たちは思い思いに身体を解放し、そこいらを歩き回り、立ちどまっては空を仰いで深呼吸をした。カメラマンの平良さんは見当をつけたあたりにいってはシャッターを切っている。僕も要所要所で声をかけ注文をつけた。君子さんは相変わらず写真をとってもらおうと平良さんの側について回っている。貞夫さんの大柄な身体も原っぱの広さにのまれてちっぽけに見える。傍らの育代さんと何やら話しながら向こうの樹林の陰に建っている神家《かみやー》の方へ歩いていく。

僕は知花先生と並んで歩きながら、さっきから頭の中を去来している野の道のことを話題にし

てみようかと考えていた。先生の、ポケットに靴下をまぎれこませる頓着しない性分は、受容の心とあいまって接する人に安らぎを与える美点であるが、それには多分、メガネの奥に湛えられている柔和な目の輝きとチラホラ薄くなりかけの頭髪の陰影が関係しているように想われる。

僕は頃合をみはからって言った。

「草の匂いがしませんか」

「木の芽どきには早いが、匂わないこともないね」

と先生。

「空を近くに感じませんか」

「ああ」

先生は空を仰いだ、そして
「敗者の空だな。これは」

とポツリと呟いた。

なるほど、いい語感だ、と想った。そして病院の暗い廊下で徘徊している連中の憂うつそうな幾つもの顔を思い浮かべた。なるほど、どれもこれも敗者の顔に違いない。

「病院でゴロゴロしている連中、ここへ連れてきて空を仰がせますか」

「いいね」

先生は何か物想いに耽っている風であったが、しばらく沈黙したあと、

「あそこも、ここも、街の騒ぎから遠くにあるからね……」

としみじみと言った。

「何とかは遠くにありて思うもの、か」

僕は、つい口をついて出たセリフの軽薄さと裏腹に、あらためて病院からここまでの距離を想い、野の道のことを想った。そして、敗者の空に呼応する敗者の道はきっとこの野の道につながっているに違いない、と思った。世の中からうち捨てられた者。否、うち捨てられふり向かれなくなった者にこそ、野の道はふさわしいと想った。

「しかしね」

先生が唐突に言った。

「ゴミにはゴミの意地というものがあるからね……」

僕が黙っていると、先生はつづけた。

「あの連中、今はあんな風だが、やがてその固い殻を破いて突き上げてくるぞ。何しろ常人のようにエネルギーを小出しにして使う術を知らないからな、あの連中」

僕にいっているようでもあり、自分にいっているようにもとれた。

僕は胸のポケットからタバコを取り出し一本すすめ、火を点けてあげた。敗者は世のゴミ。ゴ

ミにはゴミの意地がある、か。僕は先生の文句をなぞりながら敗者という言葉が何故かひとりでに輝き出してくるのを感じた。そして、敗者こそ、野の道をゆく勇者ではないだろうか、と想ったりした。

神家《かみやー》の近くの樹陰から人の呼び声が聞えてきた。君子さんだ。手をふっている。僕は先生をうながして呼ばれるままにあとから追いかけた。広場を横切り樹陰を抜け、野の道を通って間もなくふたつ目の見晴らし台に立った。

再び、眼前に眺望がひらけた。

肩を並らべて東シナ海に浮かぶ慶良間諸島の島影をみやっている貞夫さんと育代さんの顔にも、心なしか晴れやかなやすらぎが兆しているように感じられた。

「写真うつしますよ、ほれ、みんな並んで」

君子さんの張りのある声がかかった。

「根まけですよ」

と言って平良君がカメラを向けながら、

「君子さんだけ、はずしましょうかね」

と言ったのでみんなドッと笑った。

写真をとり終え一息入れたあと僕たちは、次の場所、湧泉や御嶽《うたき》や海崖のある知念半島をめざして城趾を離れた。

父の影を踏む

『詩・批評』六号（一九八二年）掲載
「死亡叙勲」改題

前の日僕は、叙勲伝達式には行かない、と母に言った。電話口の母の声は怒っていた。でも僕は父が、新墓の隅の暗がりにうずくまっている気がしいていたので、母の胸内を無視した。今となっては、父にはどうでもいいことに違いないのだが、母を初め身内や縁者にとっては、それ相応の意味があるらしかった。叙勲は誰のために受けるのか、名は誰のために残すのか。そう問うてみても、故人は答えてくれない。故人にも耳はあるかもしれないが、口はない。天皇から賜る一枚の紙を、血縁の者らは誰のために欲しがるのだろうか。故人に口なしだ。

父の叙勲が決まったというので、五・七忌の供養は祝賀の雰囲気に包まれていた。叙勲に尽力した教育行政畑の従兄は仏壇の前で、ビールの祝杯を高々とかかげ乾杯の音頭をとったほどだ。そんなに目くじらたてて異を唱えることでもないとも思う。生きている縁者らのための儀式と考えればいいのだ。そういわれればそんな気もする。でも今頃父は、墓の暗がりで石を枕に目をみひらいているのではないか。僕には父のゆがんだ口元が見えた。

その朝僕は、子供らを宜野湾小学校の歩道橋の下でおろすと、職場へ行く道をそれ、小山をふたつ越えて海沿いに伸びる道路に向かった。狭い農道を滑り降りる時、先頃の雨無し台風に叩かれパサパサになった甘蔗の葉が窓ガラスをこすった。僕はワイパーがはね散らす汚れた水滴に、雨乞いのひとつもやりたい気分だった

母が怒っているのはひとつには、「ひめゆり部隊」と父との関わりについて、僕が母と異なった考えをもっていたことにある。母は七・七忌をまたずに父を美化することに終始しはじめた。生前、ことにこの一、二年父がパーキンソン病の症状で歩行に困難が生じてからは、その傾向がました。真心の人で嘘のつけない人だったという他愛のないことなのだが、それが家族に向かってもロをついて出るようになっていた。そんな風だから、「ひめゆり部隊」のことについて僕が意見をすると決まって、お父さんには責任がなかった、と言いつのるのである。

いつかあの時のことを聞いておきたいから、と当時父につめよった時、父は黙っていた。そして、まだ生きているから、とか。生きている人を非難することになるから、とか言って話題を避けた。生きているから、というのは他人のことではなく、自分のことをそういっている風にもとれた。でもその時、父が息をつまらせ目尻を濡らすのをみた。父はとうとう何も言わずに逝った。

それを側から見ていて、母は弁解めいたことを言っていた。お父さんはNという男に、厭な目に遭わされていた、と。毎度Nが登場してきて話がそらされる。生きて残された者の思い入れと

いうものだろうか。たいてい死者は粉飾され美化されてゆくものだが、ことさらNは悪人に仕立てあげられてしまっている感がぬぐえない。人には役回りというものがあることを思えば、父もNとの関わりの中で何かきっと秘め事があったに違いない。母もほんとはそれが何であるか、分からないのだと思う。ただ、父が善人だったということと、あの場合ああするより他に手はなかったと、言いたいだけなのだ。

Nを悪くいうとき母は、M女の名を口にした。八重山出身で師範付属小の訓導でNの「住宅当番」だったという女性だ。「住宅当番」という言葉もどこか隠微な響きがしないでもない。恐らくNの身辺の世話をするうちに戦時下ゆえのMの役回りになっていったのだろう。Nにとって、なにしろこの地は外地だし、上司と部下という間柄、情が通じても不思議ではない。細面で美人だった、という時、母の声に当惑の色がまじっている感じがした。

またNは父を校内住宅に呼びつけて、君の郷里は本部だったな、といって、上京する際の手土産に特産の鰹節を集めさせたこともあったという。そのために父は、学童疎開推進の激務の中でわざわざ山原まで足を運んだというが、どんな思いだっただろうか。母が、Nは計算高く保身の巧みな人だったというのは、分からんでもないが、母がNを貶めることによって父の何を庇いたかったのか、そこが肝心な処だと思う。

Nはどのような権限を持っていたのだろうか。持たされていたことと、自分で持つようになったことがあったに違いない。父にも同じことがいえる。昭和二〇年三月二四日午後一〇時頃、Nは校長住宅の前にひめゆり学徒を集め、訓辞を垂れたという。濡れ縁からわざわざ下りてきて、学徒ひとり一人に握手を求めながら、一巡したらしい。きっと肩を抱くような仕草で声をかけていったのだろう。職員はNの「参謀室ゆきの工作をうすうす感じていたので、割り切れないものを感じていた」①と「鉄の暴風」に書いてある。父もその時刻、そこに立っていた。「割り切れないものとは」とは父にとって何だったんだろうか。

Nの訓辞は前書によれば次の通りである。「私はこれから第三十三軍の命によって軍司令部の参謀室にいくことになった。君たちは先生と一緒になって極力、軍に協力して貰いたい。自分も一緒にいきたいが、軍の命令で仕方ない。どこにいても国につくす道は同じである。とにかく頑張って貰いたい」①と。逆さまに読み返すと、Nの本音が見えてくる。「とにかく、理屈はない。自分は君たちと一緒に死ぬ訳にはいかない。君たちが従順に軍に協力してくれることによって、私は参謀室に入れてもらえることになった。率直に君たちに礼をいいたい。私も立場上複雑な心境だが、今は急を要する時だし、何よりも軍命だから」と。その夜は、「淡い朧月夜で静かな宵だった」と前書に記されている。駆け引き上手な男の少ししんみりした姿が、折りしも淡い月光に照らしだされている図は劇的だ。側に佇んでいた父の胸中を慮《おもんぱか》るとやるせない。

建物のきれた草地から海が見える所で、僕は車のブレーキを踏んだ。ぼんやり前方を見やると、与那原の三叉路にさしかかっているのに気づいた。西へ行けばこの四、五年変貌の著しい南風原街道を通って那覇の市街地に入る。東に行けば馬天港にいたる。僕は今朝、握った車のハンドルをその都度気の向くままに駆動し、アクセルを踏みつづけていたので、東も西もなかった。

前方の丘の上には白い修道院の建物が見えた。中で修道者が集まって何か祈っているような気がした。先ほどから父の影が憑いてきている気がしていたが、信号を待っている間にその影は、丘の修道者の祈りの列に入りこんでこちら向きになり僕を見据えているようなのだ。何か言いたそうにみえた。何故父だけが、女子師範付属大道小学校宿直室に居残らなければならなかったのか。死にたくなくて、学校運営の権限を握っていたNにとりいって、延命の策を弄したのだろうか。

後ろで呼ぶ声がした。二度同じ声を聞いた気がしたので、ふり向いて見た。柄物のシャツを着た青年が、その尖った顎をしゃくって手招きしている。降りろ、ということらしかった。前方には車はなかった。いつの間にか、後ろでどなっている青年の車と接触して、道路の中央に止まっていたのだ。気がつくと足がブレーキペダルから外れていた。車は知らぬ間に青年の車のバンパーに接触していたのだ。車外に出て腰を屈めて相手の車のバンパーの傷み具合をざっと見た。目で判然とするほどの傷は見当たらなかった。後方で数珠つなぎになった車が警笛を鳴らしはじめた。相棒らしい寸胴の男が車から降りてきて、僕を狭み込むように迫った。事を構えるつもりらしいふたりの動きをみて、僕はとっさに胸ポケットから名刺を取り出した。ここに電話下さい、後で話し合いましょう、とふたりを振り切り車に戻った。僕は急いでキーをさし込むと、エンジンを吹かして車を発進した。信号は黄色だった。発信間際に若者が両側からドアをパンパン叩いて何か喚いていた。僕は後ろを振り返らずに、車を西へ走らせた。あっ気にとられ、立ち往生している青年の怒り顔が目に浮かんだが、名刺をたよりに後日何か言ってきたら、その時けりをつければいいと腹をくくって、アクセルを踏みつづけた。

南風原十字路にさしかかった時、信号が赤に変わった。急停車したせいかクーラーの効かない車内は熱気で蒸れた。僕の脳裏に不意に、「鉄の暴風」の記述の断片が浮かんだ。「十字路までくると、陸軍病院はもう間近だった」と。青で発進した時、僕はハンドルを左に切っていた。しばらく車を走らせているとガソリンスタンドの裏手の左手方向に陸軍壕のある丘が見えてきた。僕は道路端の草地に車を乗りいれ下車すると、丘に向かって東に伸びる細道を辿りはじめていた。

僕はひめゆり学徒の歩みに自分を重ねようとしたのではなかった。その日、十数名の引率教師に混じって歩いたであろう父の影を踏んでみる気になったのだ。父は戦後ここへ来ただろうか。恐らく来なかったのだろう。お父さんは、ひめゆりの塔へは行かなかった。近くを通っても素通りしていた。と母は言っていた。その理由を母は、教育実習で教えた学生たちがたくさん死んだから、あそこへは行きづらかったはず、とも言った。父がそう言ったのではなかったが、父はたくさん死なせた、と思っていたのではないだろうかと僕も思う。でも、行かずに言い訳もせずに居たのは、戦後の復興期を米軍占領下の琉球政府で「文化財保護」や「移民」行政の中枢を担って、黙って生きつづけた父の沈痛な意志だったのかもしれない。仮に父に慚愧《ざんき》の念が生じたとしても、それはそれで、そう感じざるを得ない父自身の心の有様だったに違いない。父はもういない。生きている者は死者をなぞることは出来る。だが、ただなぞるだけで、それ以上のことは出来ない。父の人生は、父が自分の意思で時代と共に生き終えたのだから。

いつか母に見せてもらった一葉の色あせた写真には、一つの門柱に第一高等女学校と県立女子師範学校の二つの表札が掛けられていた。広大な敷地だったと、母は言った。それは僕が通った大道小学校とその西側に成長した碁盤目のすけた歓楽街栄町をすっぽり呑みこんでいたというのだ。その上、隣接した真和志中学校のある処は裏手の農場だった場所で、その周りを安里川の清流が巡っていたという。かつてこの飲み屋街の時空に精気に充ちた女学生の歓声が飛び交っていたことを想像すると、感慨が湧く。構内には相思樹並木の他に榕樹や芙蓉や木麻黄が植《う》わっていたという。一隅にユウナやイジュの木もあったかもしれない。それらの木々が学舎を彩り影を宿し涼をよんでいたと思うと情趣を感じる。戦後、僕が小学生の時分。そこにはスレート葺きの校舎が青空に全身を晒して建っていただけで、四周どこを見渡しても陰をつくる木々はなかった。学校の界隈は板塀のトタン屋根の民家が軒を並べてひしめきあっていただけだ。

僕は頭を垂れ、丘をめざして歩いた。道を行きつめると、道は二手に分岐していた。一本は民間地に入り込み、もう一本は甘蔗畑を突っ切って丘の斜面を頂上へと伸びていた。甘蔗畑の道を歩いていくと、次第に眺めがよくなってきた。

お父さんはあの時、みんなと校門で別れて、北へ向かってもよかったんだけど、と母は言っていた。だが、父の心中は出発の時のNの訓辞を反芻しながら、もっと深く引き裂かれていたに違いない。土壇場で父の御真影護持の任務を解くことが出来る地位にあったのがNとして、それを解かれることが果たして即座に、父の心情をも解き放ってくれることになったかどうかである。否。表に立ち、しかも切迫した戦況化で、皇民化教育の総仕上げを任務としていたのだから尚更のこと。今まで生徒らに教えてきたことを、その第一歩を、自ら身を挺して実践しなければならない立場だったのだから。

母の言う通り、あの時父は、ひめゆりの学徒らが隊列をつくって校門を出ていくのを見送って、学校にとどまっていればよかったのかもしれない。Nの住宅に出向いて進退を伺ったら、あ、お前か。お前の任務は終わった。と言って許された、というのだ。お前の任務は終わった、と言うNの言い草といい、許されたという母の受け止め方といい、砂を噛むような心地にさせられる。父が仮にNと強く結びついていたとすれば、心情の裏表もよく心得ていたであろうし、その分、お前はもういい、と告げられた時の戸惑いと落胆はいかばかりであっただろうか。父は任務を解かれたからといって、相思樹の門から出ていくひめゆり学徒を、黙って見送っていられるほど強心臓でも頑昧《がんまい》でもなかったはずだから。卒業式の前日、富国生命の名護支店長をしていた伯父が山原への避難の途中、宿直室に立ち寄って一泊していったという。父が学徒の卒業証書の執筆を依頼したら、能筆の伯父が深夜まで卓袱台に向かって筆をとってくれたらしい。翌朝別れ際に伯父は、その大柄の体躯の肩に背嚢《はいのう》を背負うと、お前はまだ行けんのか、と訊いたという。ああ、明日、あるいは明後日になるかもしれない、と答えると、大変だな、お前も、と言って別れて、それっきりだったらしい。明け方宿直室の隅で、黒塗りの盆の上に重ねられた学徒の卒業証書を前に、ひとり悄然となっている父の姿が想像できる。

甘蔗畑を脇道にそれ、ジャーガル土の畑地の奥の草地を抜けて、セメント敷きの段々道を上ると、一群れの閑散とした木立の中に来た。眼前に二つの木の碑が建っていた。前の碑に「悲風の丘」、奥の碑に「南風原陸軍壕跡」と刻銘されていた。奥は少し翳っていたが、歩くと落ち葉がパリパリと鳴った。心地よかった。壕の入り口と見える土壁の土塊は崩れていて風雪が感じられた。丘陵の臍の緒のように地肌に無用な括れをつくっているだけのモノに見えた。

父は識名の坂を上りながら、背後に小さくなっていく学舎や通りや、焼けた那覇の市街地をふりかえり何を思っただろうか。又散発的な艦砲射撃に脅かされつつ一日橋をたどる急坂を下りながら、父は何を考えていたのだろうか。父は結局、南風原陸軍病院壕の三角兵舎までひめゆり学徒らと同行したのである。「ああ、ひめゆりの学徒」には、一行は分散して「木の香も新しい兵舎で、ノコギリくずをはらいローソクをともして、その夜を明かした」②と記されている。あくる日も朝から空襲で、昼間は学徒らと一緒にまだ傷病兵の収容されてない壕に避難していたが、夜になって砲撃が止むと軍のトラックに便乗して引率教員らと共に学舎に戻っていったという。あわただしく出発したため取り残してきた、布団や身の回り品や大切な物を運搬するためであったという。しかし父は、壕へ戻るトラックには乗っていなかったのだ。恐らく父は独り御真影を護持して、家族を疎開させていた北部山原《やんばる》に向かったのだろう。

ふと、三角兵舎はどこにあったのだろうかと思って、壕の上の方を見遣った。葉の繁みに薄く光が射している場所があった。雑木の繁みに近づき手をかけたら、そこらは垂直の小さな崖面になっていた。僕は裏へ回ることにして、碑の建つ広場を下り、セメント敷きの段々道の切れたその先をめざして歩いて行った。草のまとわりつく足もとをよく見ると、綺麗に敷き詰められた石畳道だった。戦後、父はここを上ったのだろうか。ほんの足を踏み出す道筋だけが見えていて、両側から生い茂った草が通せんぼしている。手で草を薙《な》ぎながら頂まで来た。低い木立の向こうは青空だった。眼下には見渡す限り甘蔗畑が広がっていた。

僕は碑の広場で当りをつけていた壕の後背部に踏み入った。やがて平場が開けてくるのでは、と期待したが、壕の埋まっている丘の天辺にまさか兵舎でもあるまいと、思い直した。進んでいくと、陽光のあたっている樹木のまばらな所があった。老木が真っ二つに裂けていた。立っている方の幹は青空を仰いで緑葉を茂らせていたが、折れた方の幹は無残にも枝葉を枯らし、暗褐色の巨人の遺骸のように地に伏していた。木は相思樹だった。父は戦後ここへ足を運んだかもしれないと思うと、途端にそんな気がしてきて、下の壕の前で悄然と立って瞑目している父の影が脳裏をかすめた。父があの時、北部山原に逃れてきたお陰で僕の一家は無事生きのびられたのだ。

僕は自分の気持ちをなだめるように、来た道を下りていった。そしてセメント道を下って畑中の草の道に出た。上る時は気づかなかったが、足もとは草敷の絨毯のようだった。歩いているとふと、足もとに白い小菊が一束ね落ちているのを見つけた。すっかりしおれて草の緑に紛れてしまっている。屈んでよく見ると、小菊の周りを紫色の胡蝶が二羽追っ駆けっこをしているように飛んでいた。

もう叙勲の伝達式も、終わった頃だ。僕は頭を上げて歩き始めた。

参考引用文献

①『鉄の暴風』第10版（沖縄タイムス社編・刊、一九九三年）

②『実録　ああひめゆりの学徒』（仲宗根政善著、文研出版、一九六八年）

あとがき

私にとって小説を書くということは、概ね自分の心域に湧き出してくる「思いの真実」を捉え、それがどのようなものなのかを探究する営みであった気がする。その為には、絶えず自問自答しつつ、自分の心域を求心的に耕していくことが不可欠であった。でもそれは私にとって（いまにして思えば）、身近な血縁の人々は言うまでもなく、それを幾重にも包囲し多面的に支えてきた幾人もの人々との多様な関係、即ち仏教でいう「縁起」とよばれるものに思いを致すことなしにはありえなかった課題でした。

今回本書に収めた作品は、そんな自覚のもとに自分の人生を巻き込みながら、四〇代前後から六〇代半ばに至る長年にわたって、散発的に書き継いできた作品です。題材に応じて、ウチナー的コスモロジーを形成してきたマイノリティーの風土と民俗と心情に根ざす、一連の小説的虚構をほどこしてあります。

上梓のために読み返してみると、小説を書くことは私にとって、沖縄本島山原出自の小学校教師の両親のもとに、太平洋戦争の渦中に生を享けて育った私自身の、人間の生死に纏わる様々な「思いの真実」を探る心の旅だった気がしています。私は八人兄弟姉妹の、第七子です。

思うに小説を書く行為には、自分が何者であるかを見極めたいという始末しがたい思いの求心力と、それを俯瞰せずには止まない知的好奇心すなわち遠心力との、絶えざる拮抗と融和のダイナミズムが要求されていた気がします。その葛藤こそが私を小説に駆り立てた原動力だったのだと思います。そしてそんな私の思いの底には、「沖縄戦」最中の本部伊豆見山中で生死をさ迷った幼児期のトラウマが投影されていて、どの作品にも形を変えて、その影響が刻印されている気がします。

それに、成人してから奇しき縁あって、日本復帰前の矯正施設「琉球少年院」に四年、「日本復帰」の年に開設された精神科医療施設「玉木病院」に四五年勤務した臨床経験が、人間とは何か、生きるとは何か、の問いを持続せしめた気がします。心荒んで非行に走り、精神を病んで心の闇に踏み迷いながらもなお、自分らしく生きようとする幾多の人々との出会いの中で、人の生死への問いを深めさせてもらった気がします。

私は還暦を迎えた頃から、生と死は「同伴し裏表をなしている」との思いを抱いていましたが、古希を過ぎてから益々その意を深くしています。最近次の自作、「生と死」の境地に辿りついた感があります。

生は生
死は死　と
世に分別されている

ようだけど
生と死は
ひとつ

死は生の
影・陰・翳
裏
奥

だから
生と死の時間は

たえず螺旋状に
円環し
天空に吸われて
消えていく

「私の来歴」ほかⅠ部所収の作品は言うまでもなく、

「そして戦後」ほかⅡ部の初期作品のモチーフにも、同様の自身の生死への問いと死生観が秘められている気がします。これら九つの作品を通して、ウチナー的コスモロジーの基に戦中戦後の特異な時代状況を生きて来た人々が、山原出自の一家族の来歴にわが身を重ね、それぞれの戦中戦後の苦難の体験を回想する契機にして頂ければ幸いです。

そして最後に、いわく言い難い私の個人的な心象のスクリーン（小説的虚構の場）に陰に陽に登場せしめられた身内および有縁の多くの人々に、衷心より敬意を表し感謝申し上げます。

二〇一九年八月二三日　著者

資料

玉木一兵　主要著書一覧

【単著】

神ダーリの郷　一九八五年二月二〇日　ＮＯＶＡ出版発行
収録作品「指」「ビラ」「人質籠城」「神ダーリの郷」「カウンターになった松」「お墓の喫茶店」「翔んでる男」計7編。「あとがき」も収録。

仮面風刺劇 **普天間の空**　二〇〇四年一一月一日発行
「製作・印刷・編集・発行＝玉木一兵」。私家版。表紙には『沖縄問題』の解決を座視するすべての日本国民に贈る現在進行形のディベート」を書かれている。

曙光　二〇〇六年四月一日　琉球新報社発行
収録作品「お墓の喫茶店」「カウンターになった松」「雛の首」「火祭り」「曙光」「魚の銃撃戦」「日はまた昇る」計7編。自作解説「『曙光』の背景」も収録。

戯曲集 **神々の庭番**　二〇〇七年一月一六日　医療法人 宇富屋 玉木病院発行　新星出版発売
収録作品「陸橋」「円卓会議Ⅰ」「円卓会議Ⅱ」「リハーサル」「神々の庭番」「無何有の郷」「新かりゆし狂想曲」の計七編。自身執筆の「解題」も収録。

玉木一兵詩集 **三十路遠望**　二〇一七年一〇月一八日　あすら舎発行　琉球プロジェクト販売
四部構成で「猿の森で」ほか七一作品を収録。「あとがき」も執筆。

玉木一兵エッセー・論集 **人には人の物語**―「六畳の森」から　二〇一七年一〇月二〇日　出版舎Mugen発行
全9章で97編のエッセー、論文を収録。「解題―あとがきに代えて」も執筆。

【共著】

沖縄短編小説集―「琉球新報短編小説賞」受賞作品　琉球新報社編　一九九三年九月一〇日　琉球新報社発行
「お墓の喫茶店」が収録。同作について岡本恵徳氏が解説（363〜364頁）、受賞した第8回の選考経

過も記載（389～390頁）

沖縄文学全集 第十一巻 戯曲Ⅱ　沖縄文学全集編集委員会編　一九九四年三月一五日　国書刊行会発行

「さらば軍艦島」が収録

【編著など】

森の叫び―精神患者の詩魂と夢想　一九八五年四月一〇日　批評社発行

編著者。「編者まえがき」（1～7頁）、「編者あとがき」（190～191頁）、小説作品「野の道」（170～189頁）を執筆

天空の星　二〇〇七年五月一日　医療法人　宇富屋　玉木病院発行　新星出版発売

編著者。第六章「看取りの記」、第七章「原点回帰―玉木病院の永続を願って―」を執筆。

人には人の物語―心の闇の伴走者たち―　二〇〇八年三月三一日　医療法人 宇富屋 玉木病院発行

新星出版発売

編著者。「人には人の物語」（225〜232頁）、「玉木病院の来歴―建物の精の呟き―」（381〜391頁）、跋文「視線のむこう」（453〜454頁）を執筆。中山勲氏、仲村永徳氏との「鼎談―人には人の物語―」（393〜447頁）も収録

玉木一兵　主要作品一覧

＊これまでに発表、あるいは単行本に収録された、著者の主要な作品（小説、詩、戯曲）、論文、エッセーなどを執筆（発表）年ごとにまとめて掲げている。
＊（　）は初出誌・紙、または収録の単行本。「↓」以下は264頁の「玉木一兵　主要著作一覧」に掲載されていることを示す。そこでの「↓『エッセー・論集』収録」は『玉木一兵エッセー・論集　人には人の物語―「六畳の森」から』を意味している。
＊単行本未収録の作品は末尾にジャンル（小説、詩、戯曲、エッセーなど）を掲げた。

■一九七一年

夏雲の行方（『石敢當』2号）↓本書に収録

■一九七七年

治療空間の変容をめざして―描画活動の中から（『沖縄精神医療』創刊号）↓『エッセー・論集』収録

■一九七八年
さらば地球号（『音』5号）　＊小説
浮遊する言葉たちの地平へ（『開窓』3号）↓『エッセー・論集』収録
精神医療の狭間にて―PSWの眼（『沖縄精神医療』5号）↓『エッセー・論集』収録
■一九七九年
看破考（『音』6号）　＊小説
乞食軍団（『音』8号）　＊小説
土南・風男・水平線（『政経情報』12月号）↓『エッセー・論集』収録
自分との闘い（『日精看ニュース』220号）↓『エッセー・論集』収録
交流の場の創造（『開窓』創刊号）↓『エッセー・論集』収録
■一九八〇年
お墓の喫茶店（『琉球新報』11月23日付）↓『神ダーリの郷』『沖縄短編小説集』『曙光』に収録　＊第8回琉球新報短編小説賞。紙面には「作者のことば」も掲載。見出しは「狂気が作為されている現実」

「やさしさ」が見え始めるとき（『青い海』92号）↓『エッセー・論集』収録
■一九八一年
変人カウンセラー（未発表）↓『エッセー・論集』収録

援助の要点（日本精神科看護技術協会沖縄県支部　沖縄地区研修学会発表）↓『エッセー・論集』収録

■一九八二年

死亡叙勲（『詩・批評』6号）↓「父の影を踏む」と改題し本書に掲載
玄忠十番碁観戦記（『碁おきなわ』）↓『エッセー・論集』収録
力を秘めた画家―「我如古彰一絵画展」によせて―（『沖縄タイムス』）↓『エッセー・論集』収録
吉永ます子個展に寄せて（『沖縄タイムス』）↓『エッセー・論集』収録
イチミノル展によせて（『沖縄タイムス』）↓『エッセー・論集』収録
私たちのめざす病院（『玉木病院十周年　記念論文集』）↓『エッセー・論集』収録

■一九八三年

火柱（未発表）↓本書に収録
義手（『青い海』126号）＊短編小説
さらば軍艦島（『新沖縄文学』）↓『沖縄文学全集 第十一巻 戯曲II』収録
樹下にたたずむ日々（『凱風』12号）↓『エッセー・論集』収録
「オバー」―その等身大的触覚思考（『新沖縄文学』57号）↓『エッセー・論集』収録
宮城賢『病後の風信』（『沖縄精神医療』11号）↓『エッセー・論集』収録
劇場を求める心―芸能の現在と未来　シンポジウム印象記―（『沖縄タイムス』）↓『エッセー・論集』

収録

屋富祖盛美展（『琉球新報』）↓『エッセー・論集』収録

■一九八四年

潑溂潑溂（『青い海』137号）＊小説

「乾天地」をゆく―福建・江西の旅（『沖縄タイムス』）↓『エッセー・論集』収録

心の病と闘う人々―なだいなだ編『ひとりぼっち』（『沖縄タイムス』）↓『エッセー・論集』収録

土に刺さった慈愛―実験劇場第一回公演「道」に寄せて―（『琉球新報』）↓『エッセー・論集』収録

「嘉例なる一族」のパロディ性―「笑築過激団」旗上げ公演に寄せて―（『笑築過激団』旗上げ公演パンフレット）↓『エッセー・論集』収録

今、何故「琉球戦国史」か（『新沖縄文学』59号）↓『エッセー・論集』収録

不透明な器の中に（『そんざい―精神衛生と教育』4月号）↓「不透明な森」と改題し『エッセー・論集』収録

座談会　組踊の現在を問う（『新沖縄文学』62号）＊出席者は他に真喜志康忠、島袋光晴、当間一郎、関根賢司、司会は川満信一の各氏

■一九八五年

カウンターになった松　↓『神ダーリの郷』『曙光』収録

指　↓『神ダーリの郷』収録
ビラ　↓『神ダーリの郷』収録
人質籠城　↓『神ダーリの郷』収録
神ダーリの郷　↓『神ダーリの郷』収録
翔んでる男　↓『神ダーリの郷』収録
野の道　↓『森の叫び』と本書に収録
円卓会議Ⅰ　異風の生（『そんざい』）↓『戯曲集　神々の庭番』収録
女ひとり語り三話（『季刊おきなわ』2）　＊戯曲
小説のことなど―上原昇氏への返信として（『青い海』144号）↓『エッセー・論集』収録
鳳作の詩と真実に肉薄　岸本マチ子『海の旅―篠原鳳作遠景』（『南海日日新聞』）↓『エッセー・論集』収録
ウチナー・洞窟・コスモロジー―季刊『おきなわ』発刊によせて（『沖縄タイムス』）↓『エッセー・論集』収録
悠久の共同体描く　江場秀志「午後の祠」―第9回「すばる文学賞」受賞によせて―（『琉球新報』）↓『エッセー・論集』収録
「海の一座」公演に寄せて（『「海の一座」公演パンフレット』）↓『エッセー・論集』収録

映画「パラダイスビュー」（監督　高嶺剛）を観て（『沖縄タイムス』）↓『エッセー・論集』収録
沖縄の言葉と身体の復権―沖縄固有の劇空間創出を求めて―（『新沖縄文学』66号）↓『エッセー・論集』収録
閩劇所感（『ばらん』創刊号）↓『エッセー・論集』収録
伊江隆人の楽園（『琉球新報』）↓『エッセー・論集』収録
オキナワに固有のフォルムはあり得たか（『炎の景―松島朝義の現在』パンフレット）↓『エッセー・論集』収録
裏座（『季刊おきなわ』）　＊同誌の編集同人3人（関根賢司・玉木一兵・山口恒治）がそれぞれ記名で編集後記を毎号執筆

■一九八六年

陸橋（『季刊おきなわ』4）↓『戯曲集　神々の庭番』収録
リハーサル（『そんざい』）↓『戯曲集　神々の庭番』収録　＊「劇団うりずん」上演台本
円卓会議Ⅱ　異風の死（未発表）↓『戯曲集　神々の庭番』収録
キヨ（劇団うりずん台本）　＊戯曲
危うい均衡保つ―友利敏子『花冷え―友利敏子句集』（『沖縄タイムス』）↓『エッセー・論集』収録
孕む性の憂うつ―その葛藤と心象―田場美津子「仮眠室」（『脈』25号）↓『エッセー・論集』収録

光と影の世界―金城美智子墨絵展―（『沖縄タイムス』）↓『エッセー・論集』収録
奄美夢幻（『季刊おきなわ』４）＊同誌の「裏座」欄

■一九八七年

神々の庭番（『ばらん』２号）↓『戯曲集　神々の庭番』収録
戯曲―甘蔗の華（『政経情報』102〜105号）
カミンチュ芝居「キヨ」解題（『季刊おきなわ』６）＊同誌の「裏座」欄。最初に「劇団うりずんで六月十二、十三日上演　六月二日脱稿」と記している。

■一九八八年

そして戦後（未発表）↓本書に収録
ディドーとエネアス（『沖縄タイムス』）↓『エッセー・論集』収録
告別の刻―追悼　水納あきら（『脈』35号）↓『エッセー・論集』収録
「六畳の森」から（『第24回ＰＳＷ全国大会沖縄大会講演集』）↓『エッセー・論集』収録
沖縄の精神医療（『琉球新報』連載）↓『エッセー・論集』収録
高橋渉二　詩の群読「愛と腹話術」（『琉球新報』）＊劇評。『浪漫』No.３に抜粋が掲載

■一九八九年

雛の首（未発表）↓『曙光』収録

異文化に屈服しない―シャーマニズムへの親和力（『沖縄タイムス』）↓『エッセー・論集』収録
演劇とアワモリ―否定的観点から―（『客』37号）↓『エッセー・論集』収録
布との対話〝ファブリケーション〟に寄せて（『琉球新報』）↓『エッセー・論集』収録

■一九九〇年

さりウートートー（『琉球新報』夕刊連載）↓「火祭り」と改題し『曙光』収録
別居（未発表）　＊小説
流木のエロス―「木樹快快」によせる―（『脈』41号）↓『エッセー・論集』収録

■一九九一年

曙光（未発表）↓『曙光』収録
鈍色の火花（未発表）　＊小説
独自の演劇空間を創出―大城立裕『沖縄演劇の魅力』―（『新沖縄文学』88号）↓『エッセー・論集』収録

■一九九二年

魚の銃撃戦（未発表）↓『曙光』収録
母の死化粧（『新沖縄文学』94号）↓本書に収録　＊第18回新沖縄文学賞
美津の華（未発表）　＊小説

ヒヤラ川心中（未発表）　＊小説
無何有の郷（未発表）↓『戯曲集　神々の庭番』収録
大橋英寿「沖縄における shaman〈ユタ〉の生態と機能」（『新沖縄文学』91号）↓『エッセー・論集』収録

■一九九三年

お墓の引越し（未発表）↓後に改稿し「私の来歴」（二〇一六、二〇一七年参照）
真昼の甘露（未発表）↓『エッセー・論集』収録
『大八車の輪をひとつはずしてごらん』―追悼　関広延（『脈』47号）↓『エッセー・論集』収録

■一九九四年

空走地帯（未発表）　＊小説
『シマ』意識とシャーマニズム文化（『PSWの眼』2号）↓『エッセー・論集』収録
遠景の人―追悼　島田寛平（『島田寛平画文集』）↓『エッセー・論集』収録

■一九九五年

ニーブイパーパー（未発表）↓『エッセー・論集』収録
池澤夏樹評論集『小説の羅針盤』（未発表）↓『エッセー・論集』収録
又吉栄喜「豚の報い」を巡って（未発表）↓『エッセー・論集』収録

大城立裕『かがやける荒野』（未発表）↓『エッセー・論集』収録

■一九九六年

百花繚乱のトポス・沖縄（『ＥＤＧＥ』創刊号）↓『エッセー・論集』収録

栄喜さんと『二月の会』のこと（芥川賞受賞記念パーティのための祝辞として）↓『エッセー・論集』収録

栄喜さんの入道雲―「モノに即すること」を巡る若干の考察―（未発表）↓『エッセー・論集』収録

松島朝彦『沖縄の時代』（未発表）↓『エッセー・論集』収録

小浜清志の小説世界（未発表）↓『エッセー・論集』収録

■一九九七年

あけもどろの華（未発表）　＊小説

「水滴」の或る読解（『ＥＤＧＥ』５号）↓『エッセー・論集』収録

中里友豪『思念の砂丘』（『沖縄タイムス』）↓『エッセー・論集』収録

グソーの眺め―『組踊』と『歌劇』の中に観る（『長寿社会の生死観―沖縄におけるその構造と機能』）↓『エッセー・論集』収録

■一九九八年

ライトアップ（未発表）　＊小説

■一九九九年
日はまた昇る（『沖縄文芸年鑑』２００４）↓『曙光』収録
■二〇〇〇年
連作「土・水・風」をめぐる断想―屋富祖盛美個展によせて―（『沖縄タイムス』）↓『エッセー・論集』収録
■二〇〇二年
新かりゆし狂想曲　↓『戯曲集　神々の庭番』収録　＊「うちなー芝居・演」上演台本
敗者復活戦の道標～大橋英寿先生のもたらしたもの～（『大橋英寿先生退官記念誌』）↓『エッセー・論集』収録
■二〇〇三年
背の闇　↓本書に掲載。＊第34回九州芸術祭文学賞沖縄地区優秀作
明滅の四駒―追悼　山口恒治（『カンヌオー〈神の青領〉』）↓『エッセー・論集』収録
■二〇〇四年
春雷（未発表）＊小説
仮面風刺劇　普天間の空　↓自身による編集・発行として上梓。264頁「主要著書一覧」を参照
阿蘇の火祭り（『沖縄タイムス』）↓『エッセー・論集』収録

百聞は一見に如かず――「精神科病院院内研究発表会」見聞記（『沖縄エッセイスト・クラブ合同エッセイ21　ゆい』）→『エッセー・論集』収録

■二〇〇五年

心の虫（沖縄エッセイスト・クラブ会報『がじまん』75号）→「小説の虫」と改題し『エッセー・論集』収録

火炎を撮る人――「琉球南蛮　松島朝義陶芸展」に寄せて――（『琉球新報』）→『エッセー・論集』収録

「死の種」の話（『沖縄エッセイスト・クラブ合同エッセイ22　山原船』）→『エッセー・論集』収録

トシオさんのくれた肩叩き（『宇富屋通信』）→『エッセー・論集』収録

■二〇〇六年

死の小径（『沖縄エッセイスト・クラブ合同エッセイ23　糸芭蕉』）→『エッセー・論集』収録

■二〇〇七年

白鳥の飛ぶ朝に向かって（『沖縄エッセイスト・クラブ合同エッセイ24　甘蔗の花』）→『エッセー・論集』収録

■二〇〇八年

あいち杜館の下（『沖縄エッセイスト・クラブ合同エッセイ25　梯梧』）→『エッセー・論集』収録

エッセイストの眼（沖縄エッセイスト・クラブ会報『がじまん』141号）→『エッセー・論集』収録

人には人の物語（『人には人の物語―心の病の伴奏者たち』）↓『エッセー・論集』収録
来歴―建物の精の呟き（『人には人の物語―心の病の伴奏者たち』）↓『エッセー・論集』収録

■二〇〇九年

旅・オアフ島断想・五月（『沖縄エッセイスト・クラブ合同エッセイ26　伊集の花』）↓『エッセー・論集』収録
コトリ　↓本書に収録　＊第40回九州芸術祭文学賞佳作
ぼくは、ぼくの遺体置き場に歩き出す（沖縄エッセイスト・クラブ会報『がじまん』175号）↓『エッセー・論集』収録

■二〇一〇年

ヒト小舟と化す（沖縄エッセイスト・クラブ会報『がじまん』197号）↓『エッセー・論集』収録
見上げれば鱗雲（『沖縄エッセイスト・クラブ合同エッセイ27　綾蝶』）↓『エッセー・論集』収録
永遠の眼差―T・K氏の死を悼む（『宇富屋通信』）↓『エッセー・論集』収録

■二〇一一年

少年の日々（『沖縄エッセイスト・クラブ合同エッセイ28　相思樹』）↓『エッセー・論集』収録

■二〇一二年

背中の戦場（『赤ん坊たちの〈記憶〉』）↓『エッセー・論集』収録

カラダは闇である（沖縄エッセイスト・クラブ会報『がじまん』232号）↓『エッセー・論集』収録
還る道のこと（『沖縄エッセイスト・クラブ合同エッセイ29　栴檀』）↓『エッセー・論集』収録

■二〇一三年

永訣の日々―追悼　仲村永徳先生（『永徳先生を偲ぶ―隣人たちの記憶』）↓『エッセー・論集』収録
幸運の罠（『沖縄エッセイスト・クラブ合同エッセイ30　礁池』）↓『エッセー・論集』収録

■二〇一四年

幼年の日々（『沖縄エッセイスト・クラブ合同エッセイ31　サバニ』）↓『エッセー・論集』収録

■二〇一五年

青い性、そして疾駆（『沖縄エッセイスト・クラブ合同エッセイ32　サシバ』）↓『エッセー・論集』収録
旧知の友へ（『いずみジャーナル』No.30　30周年記念号）↓『エッセー・論集』収録

■二〇一六年

私の来歴（上）（『越境広場』2号）↓本書に収録
芝伊皿子の三畳一間（『沖縄エッセイスト・クラブ合同エッセイ33　福木』）↓『エッセー・論集』収録

■二〇一七年

私の来歴（下）（『越境広場』3号）↓本書に収録
わたしは誰か（『あすら』50号）＊詩

懐疑的分別（『あすら』50号）＊詩
生死断想（『沖縄エッセイスト・クラブ合同エッセイ34　海神祭』）↓『エッセー・論集』収録

■二〇一八年
魂の宿り樹（『あすら』51号）＊詩
贖罪の裏木戸（『あすら』51号）＊詩
薔薇の萼《うてな》（『あすら』52号）＊詩
やさしき人のノアの方舟譚（『あすら』53号）＊詩
目覚めよ眠れる島よ（『あすら』54号、55号でも再掲）＊詩
心の探究（『あすら』54号）＊詩
一瞬の電話の声（『あすら』54号）＊詩
鳥の声を聴いて（『あすら』54号）＊詩
さようなら劣化TV君（『文化の窓』40号）＊詩
女人の母じゃへ（『文化の窓』40号）＊詩
文化の窓エッセイ賞審査評（『文化の窓』40号）＊選評

■二〇一九年
心のバス点描（『あすら』55号）＊詩

風聞二話（『あすら』56号）　＊詩
後世《ぐそう》の眺め（『文化の窓』41号）　＊散文詩
天皇制について（『あすら』56号）　＊評論
文化の窓エッセイ賞審査評（『文化の窓』41号）　＊選評
「赤ん坊世代」の友が逝く（『あすら』57号）　＊詩
生と死（『あすら』57号）↓本書「あとがき」参照　＊詩
構造的差別下の視点（『あすら』57号）　＊エッセー

著者略歴
玉木一兵（たまき・いっぺい）
1944年那覇市二中前生まれ。出身地：本部町浦崎。本名、昭道《しょうどう》。
精神保健福祉士。
上智大学文学部哲学科卒業（1968年）
［文学賞受賞歴］
1980年　第８回琉球新報短編小説賞　「お墓の喫茶店」
1992年　第18回新沖縄文学賞　「母の死化粧」
2003年　第34回九州芸術祭文学賞沖縄地区優秀作　「背の闇」
2009年　第40回九州芸術祭文学賞佳作　「コトリ」

私の来歴
玉木一兵短編小説集

2019年9月26日　初版第一刷発行
著　者　玉木　一兵
発行者　武富　和彦
発行所　沖縄タイムス社
〒900-8678　沖縄県那覇市久茂地2-2-2
電話 098(860)3591　FAX098(860)3830（出版部）
http://www.okinawatimes.co.jp
印刷所　株式会社 尚生堂

ISBN978-4-87127-266-7